BUZZ

© 2022, Buzz Editora
© 2022, Gabriel Calamari
Baseado na ideia original de Renan Santos

Publisher ANDERSON CAVALCANTE
Editora TAMIRES VON ATZINGEN
Assistente editorial JOÃO LUCAS Z. KOSCE
Estagiária editorial LETÍCIA SARACINI
Revisão ALEXANDRA MARIA C. MISURINI, GABRIELA ZEOTI
Projeto gráfico BLOCO GRÁFICO
Assistente de design LETICIA ZAMFOLIM

Foto de capa GABRIEL CALAMARI

Nesta edição, respeitou-se o novo Acordo Ortográfico da Língua Portuguesa.

Dados Internacionais de Catalogação na Publicação (CIP)
de acordo com ISBD

C142p
Calamari, Gabriel
Porto Seguro / Gabriel Calamari
São Paulo: Buzz Editora, 2022
240 pp.

ISBN 978-65-5393-134-3

1. Literatura brasileira. 2. Literatura jovem adulto. 1. Título.

2022-2833
CDD 869.8992
CDU 821.134.3(81)

Índices para catálogo sistemático:
1. Literatura brasileira 869.8992
2. Literatura brasileira 821.134.3(81)

Elaborado por Odilio Hilario Moreira Junior, CRB-8/9949

Todos os direitos reservados à:
Buzz Editora Ltda.
Av. Paulista, 726, Mezanino
CEP: 01310-100 — São Paulo / SP
[55 11] 4171 2317 | 4171 2318
contato@buzzeditora.com.br
www.buzzeditora.com.br

PORTO SEGURO

GABRIEL CALAMARI

À família Calamari, com quem tenho a honra
de dividir as trincheiras

À família Santos, com quem criei esta história e
também dividi trincheiras

E a você, que ainda compra livros e
não desistiu de nós.

O que não vivo, escrevo.

TALVEZ EXISTA ALGUÉM INTERESSADO EM LER MINHAS histórias a bordo do último ano do colegial, que, por sorte, recentemente acabou. Este livro não é a droga da minha autobiografia, fique tranquilo. Não tem motivos para ser isso, afinal, tenho apenas dezoito anos. Então, considere esta história nada mais que um registro de memórias inúteis sobre amor e juventude, mar e juventude.

Escrevo longe da cidade, dos prédios e do barulho insuportável dos caminhões na rua; escrevo perto do mar, o único lugar onde um homem pode descansar a cabeça e sonhar em paz. Se história é tudo aquilo que contam sobre nós, ainda assim, por favor, aceite minha versão dos fatos.

1

Além de ter sido um completo desconhecido no colégio por não dançar como um idiota nas redes sociais e ter menos de trezentos seguidores no Instagram, ainda não faço a mínima ideia de como contar uma história.

A maioria dos meus colegas já sabe qual profissão quer ter no futuro, e inscreveram-se com certa convicção no vestibular. Isso me causa inveja, porque, quanto a mim, supostamente um recém-formado — seja lá o que isso signifique —, ainda não sei o que quero fazer. Tudo o que sei é que gosto de ler. Leio tal como aprendi na primeira série do fundamental, juntando sílabas desajeitadas, ainda com os dentes de leite me lotando a boca.

Mal acabo de alcançar a maioridade e todos já dizem que minha juventude está com os dias contados. Todos os adultos que conheço parecem temer o fim de minha mocidade. Sinceramente, não sei o motivo por trás desse medo, não os entendo, porque me sinto tão, tão... inexplicavelmente jovem, apesar de estar mais velho. Tirando o fato de que até ontem eu não podia comprar bebida alcoólica, dirigir e entrar em baladas sem identidade falsa, nada mudou realmente de um dia para o outro. Hoje posso fazer tudo isso, tudo porque dormi. Que estranho.

Vomitar uma história não me tornará um escritor, então, antes que me esqueça, obrigado por escolher este livro. Se te encontro por estas linhas é porque tive a sorte de alguém, além dos meus dois melhores amigos, acreditar no meu relato sobre a loucura que foram as minhas férias. Caso você seja apenas um desses curiosos, mais um perdido pela livraria, folheando páginas aleatórias entre os títulos da prateleira enquanto toma um milkshake do Bob's, por favor, desista agora. Vá para o próximo livro, aquele ali ao lado, de capa colorida, com uma blogueira acéfala estampada na capa; vá, pegue qualquer um da Thalita Rebouças, um daqueles que viram uma série idiota bancada por algum serviço de streaming. Aproveite que estamos no começo e pegue qualquer outro livro juvenil, um cuja capa lhe pareça chamativa e interessante, um desses facinhos e gostosinhos de ler. Vamos, falo sério. Diferentemente de Brás Cubas, tenho ainda uma vida inteira pela frente, não desistirei de ser alguém depois do primeiro romance.

Não que eu planeje me tornar escritor. Se acontecer, será nada mais que mero acontecimento, como tenho apenas acontecido desde o dia em que nasci. Trata-se de um impulso natural: escrevo para desafogar a memória e romancear o passado. Escrevo como terapia. Mesmo que, despretensiosamente, alcance a glória e algum dia publiquem tais impulsos, por favor, ainda assim, pense que talvez eu me arrependa destes registros juvenis, como um ex-membro de uma boy band constrangedora se arrepende de seus antigos "iê-iê-iês".

Contar o início de uma história é difícil, mas não pense que estou te enrolando para começar, pois já comecei. O início e o fim são os momentos mais complicados da vida, então não seria diferente num livro. Dizem que até o Machado de Assis tinha dificuldade para começar a escrever, que era a esposa quem o ajudava.

A verdade é que escrevo de bem longe estas minhas saudosas lembranças. Escrevo perto do mar, mar que, como diria Joseph Conrad — um dos meus escritores favoritos —, "não nos dá coisa alguma a não ser pancadas e, por vezes, uma oportunidade de sentirmos nossa própria força". Me lembro do primeiro livro de Conrad que li: *Juventude*, um livro fininho, mas muito poderoso, que mudou tudo em minha vida. E esse é o verdadeiro motivo de eu estar aqui, agora.

Era o último ano do colégio, faltavam poucos meses para a formatura. Eu estava na arquibancada do Tom Jobim quando abri o livro e me encantei logo na primeira linha. Conrad escreve como poucos, e muitas vezes me fez evitar o psicólogo do colégio. Sempre sonhei em inventar histórias como as dele. Mas, naquele dia, levava *Juventude* no bolso apenas por coincidência. Não imaginava que, a partir disso, eu escreveria minha própria história; eu apenas lia como quem lê para se distrair. Mas as obras de Conrad não são como palavras cruzadas, lidas para passar o tempo, o tempo é que passa por você enquanto as lê.

Apesar de estar na arquibancada da quadra do colégio, sempre odiei futebol, preferia os livros. E ali era o pior lugar para se prestar atenção em uma história, mas *Juventude* logo se tornou um amuleto para esses dias de jogo, por isso eu lia a conta-gotas, para não acabar rápido. Ludibriado, pensava também que meu amuleto me ajudaria a passar despercebido pelo fim do colégio, que me catapultaria direto para a faculdade, para o mundo adulto, sem nem precisar passar pelos ritos, sem precisar me questionar sobre tudo o que vivi até agora.

Naquele dia, pensava nas aventuras de Marlow, o protagonista do livro, explorando o mar rumo ao Oriente, aos vinte anos. Marlow, tão jovem quanto eu, enfrentava o mar hostil a bordo de um navio a vapor inglês. Imagine quão insignificante eu me sentia: no auge dos meus dezessete anos, a única aventura que enfrentaria antes da faculdade seria a viagem de formatura, que não tinha perigo algum — a não ser a enorme probabilidade de sofrer uma overdose por misturar bebidas falsificadas e axé. Sei que não somos lá grande coisa no universo, mas enquanto Marlow desbravava o oceano sem Google Maps ou Facebook, a maioria dos meus colegas de classe fumavam pen drive, escondidos dos pais; e, a cada dia, um novo aluno era diagnosticado com TDAH e depressão.

A todo tempo, me imaginava no lugar de Marlow. Meu navio a vapor era o colégio, uma instituição de classe média, ou seja, um navio bem confortável, mas extremamente perigoso, capaz de atrapalhar a cabeça de seus tripulantes. Apesar disso, terminar o colégio significava muito para meus pais, e absolutamente nada para mim. Tirando o fato de não precisar acordar cedo para me deslocar todos os dias até aquele hospício, minha vida continuaria a mesma depois de formado. Não era grande coisa para se comemorar, muito menos com uma viagem de formatura para a Bahia. Na verdade, mesmo que eu quisesse, não poderia ir. Prefiro continuar anônimo e pessimista por mais um mês do que tentar me divertir em Porto Seguro com gente com que não conversei o ano inteiro. Meus dois únicos melhores amigos foram sempre os mesmos, desde que entrei no colégio, e assim seria.

Você deve estar pensando, *que jovem rabugento e pessimista, um misantropo, um ateu, meu Deus, que chato*! Esperar o pior é sempre a melhor maneira de lidar com as decepções. Talvez eu apenas tenha nascido na época errada, talvez seja um jovem geração z meio *démodé*, ultrapassado. Mas se Deus existe, então por que não me botou no mundo quando Porto Seguro ainda era habitada somente por indígenas?

Enfim, onde estávamos? Ah, sim, na arquibancada, com o livrinho de Conrad nas mãos. Rafa reparou que eu não prestava atenção no que, para ele, supostamente importava: a semifinal dos jogos escolares. Claro, eu tinha meus motivos. Estudamos no mesmo colégio desde os seis anos e nunca vimos o time do Tom Jobim ganhar ao menos um campeonato. O jogo não tinha a menor graça, então era melhor sucumbir a qualquer outra distração, talvez ler um livro — ler qualquer livro. Mas Rafa era um grande entusiasta do futebol do Tom Jobim e não gostava do meu desprezo pelo esporte.

O time era formado por alunos de diferentes turmas do ensino médio. Uma seleção anual, feita pelo professor de educação física, definia aqueles que representariam o time naquele ano. Por falta de aptidão, nunca me arrisquei. Além do mais, Fábio era o capitão do time havia mais de três anos e dificilmente aceitaria um cabeludo maltrapido como eu na equipe. O capitão levava o esporte a sério, a prova viva de sua vocação para o futebol. Ele sempre sonhou em ser jogador de um time internacional e nunca precisou passar pelo exame vocacional do colégio para saber disso. Para Fábio era fácil, porque só lhe restava uma única opção: ele era excelente com os pés, mas péssimo ao usar as outras partes do cérebro. Por sorte, nunca pensou em ser médico ou piloto de avião. Apesar de tanto talento, o capitão não conseguia suportar o time sempre em suas costas, aí algum outro aluno sempre dava um jeito de desclassificar a equipe. Nem todos eram habilidosos como o Fábio, e a maioria dos jogadores estava lá por outros motivos.

O Tom Jobim precisava da vitória, era a última oportunidade antes de nossa formatura. Enquanto eu só queria passar despercebido, Fábio, Rafa e os outros sonhavam em deixar sua marca para as futuras gerações do colégio, como uma foto da turma segurando um troféu de campeão, eternizada atrás do vidro do armário empoeirado da diretoria. Quem se importa? Só visitávamos aquela sala nos dias de bronca, e ninguém nunca reparou naquela maldita foto enquanto assinava o termo de advertência. Em dias de jogo, os professores se livravam da gente nos obrigando a prestigiar o time. Quem não estivesse na arquibancada, tomava falta no boletim. Fui estúpido e gastei todas as minhas de uma só vez, no começo do ano. Só por isso estava lá, lendo um livro tão bom num lugar tão barulhento.

Tentei de tudo para fugir dos jogos sem ser notado, mas o colégio era rodeado por câmeras, cerca elétrica e catracas — uma instituição tão privada que era impossível sair dela sozinho. Em dia de jogo, além do livro de Conrad, levava sempre comigo meu kit sobrevivência, equipado com as melhores invenções do ser humano: um iPod Classic de 160 gigas — sim, eu ainda tinha um —, fones de ouvido com espumas de isolamento acústico e duas caixas de drops de menta. Os fones eram de ótima qualidade e vedavam quase todo o ruído da arquibancada; era como se eu pudesse mutar o volume do mundo, ressignificando o que acontecia diante dos meus olhos. Era imprescindível ter um iPod e bons fones de ouvido para os momentos em que os gritos de Rafa invadiam minha orelha.

— Vai, Fábio, caralho! Puta que pariu! Juiz, ladrão, porrada é solução!

Já os drops de menta eram para enganar a fome, porque era proibido levar comida para a arquibancada.

Ainda no começo do livro, o grito mais alto que ouvi rompeu a acústica dos fones.

— Goooooooooool! Puta que pariu, André! Foi gol! Tira esse fone! Goooool!

Era o Rafa, comemorando loucamente. A arquibancada do Tom Jobim tremia. Se vivêssemos no Japão, suspeitaria de um terremoto, mas era só um gol. Golaço de quem? Fábio, é claro. Ele era o único capaz de arrancar gritos da arquibancada. A comemoração durou quase uma música e exalava um tremor que poderia ser medido pela escala Richter. Enquanto todos berravam, eu, quase sem ouvir nada, passeava a vista entre as diferentes tribos do ensino médio. Os nerds, os gamers, os cults, os crentelhos, os boleiros, os metaleiros, os funkeiros, as feminazis, as gays, os heterotops, os zikas, as tiktokers, as influencers, os caras do outift caro e bolsa masculina da Gucci, os minions, a galera do grupo de teatro, os professores, a faxineira, o zelador, o inspetor, o coordenador, a tia da cantina, o técnico, a professora gostosa de Biologia... Fechando as mãos na frente dos olhos, me sentia como um verdadeiro documentarista, decidindo o plano da câmera, escolhendo quais personagens daquela curiosa fauna observar. Um cinegrafista do Animal Planet intrigado com o modo de agir daquelas diferentes espécies. O *shuffle* do iPod era o maestro, meu Ennio Morricone de bolso, o Nino Rota do algoritmo da vida, escolhendo a trilha sonora que melhor se encaixava na cena. Manja *Baby Driver*?[1] Então, melhor.

A música seguinte começou exatamente depois do gol, enquanto Fábio corria pela quadra comemorando, rodando a camisa e exibindo o corpo de adolescente magro que pensa que é forte simplesmente por não estar acima do peso. "Você não soube me amar",[2] da banda Blitz, canção incrível e meio cafona, harmonizou perfeitamente com a cena. As meninas reagiam ao ridículo jogo de sedução de Fábio, rindo, afoitas cada vez que o rapaz passava por elas. Era apenas um jogo — de sedução e de bola —, mas tudo me parecia tão caótico, tão ritualístico. Quando o quesito era a arte do flerte, os alunos do Tom Jobim escapavam por pouco de ser a espécie mais ridícula de todas. Só não era a mais ridícula por causa dos louva-a-deus, afinal, 25 por cento dos machos morrem assassinados pelas fêmeas depois de transar. Isso é bem bizarro. Por sorte, eu e o Rafa éramos virgens, não participávamos dessa competição, por isso estávamos vivos — bem vivos.

Nos minutos finais, Rafa me informou que se o placar se mantivesse durante os próximos segundos, estaríamos classificados para a final. "Que merda, bem no meu último ano

---

1 Leitor, não me pergunte por que, mas, aqui no Brasil, o nome desse filme é *Em ritmo de fuga...* A direção é do Edgar Wright.

2 *E você fica pensando naquela menina / Você fica torcendo e querendo que ela tivesse / Na sua*

do colégio", pensei. Não que eu torcesse contra, mas os caras do time ficariam insuportáveis se isso acontecesse. Todas as meninas só olhariam para eles, ninguém mais falaria em outra coisa que não a formatura e o campeonato estudantil. E aconteceu: fim da partida, vitória do Tom Jobim. Estávamos cada vez mais próximos da final.

Depois do jogo, enquanto o público dispersava da arquibancada, Rafa tentou se aproximar de Fábio para parabenizá-lo. Evitei a humilhação e o puxei para o outro lado, em direção à saída. Rafa acreditava que puxar o saco dos caras do time o aproximaria daquele ritual do acasalamento; pensava que puxar o saco de Fábio o ajudaria a perder a virgindade. Apesar de fingir ser um gordinho bem resolvido, Rafa sabia que não tinha o corpo de Fábio, o objeto de desejo das garotas do Tom Jobim, por isso se submetia a essas coisas.

— Ganhamos, então? — perguntei, mudando de assunto.

— Você me irrita com essas perguntas, sabia? — disse Rafa. — Não presta atenção no jogo e faz pergunta idiota depois. Larga um pouco esse iPod! Ninguém mais ouve música nisso.

— E então? — respondi.

— Então o quê?

— Ganhamos ou não, oras?

— Ganhamos hoje, mas não significa que ganhamos o campeonato.

— Como assim?

— São pontos corridos, André...

— Tá, tá. E quando é a final?

— Fim do mês, antes da viagem.

— Como chama mesmo o time dos caras? — perguntei, insistindo em atormentá-lo.

— Ah, vá se foder, André! Vá ler teu livrinho cult e para de me irritar.

Michelle, a parte mais importante de nossa trinca de amigos inseparáveis, acabava de chegar, carregando alguns livros nas mãos. Ela adorava ler e estava vindo da biblioteca. Sorte a dela, que passou o jogo inteiro na santa paz. Michelle foi esperta e administrou bem as faltas — esperou o final do campeonato para gastá-las de maneira estratégica. Por causa disso, ela sempre chegava no fim do jogo, apenas para nos encontrar. O time de Fábio passou por nós, berrando, com apitos e bandeiras nas mãos, xingando o adversário como se fosse um jogo de Copa do Mundo. Foi uma cena mais desagradável do que cantar parabéns num restaurante Outback.

— Ganhamos? — perguntou Michelle.

— Ah, não. Você também? Não tá na hora de ir pra lanchonete, não? — resmungou Rafa.

— Tô sem pressa, hoje entro mais tarde. Conta aí, Rafa, eu não vi o jogo.

— Um a zero pra gente. Ou seja: ganhamos. Se você quer mesmo saber, é um campeonato de pontos corridos... — respondeu Rafa, explicando, outra vez, a mecânica de um campeonato de pontos corridos, no qual, em suma, tudo pode acontecer.

— Tá, tá. Não precisa, Rafa.

Caminhamos alguns metros em silêncio até a saída. Michelle retomou o raciocínio. Ela não aturava os caras do time, principalmente Fábio, por quem nutria um rancor especial.

— Que bosta! Um a zero não é vitória, é sufoco.

— Desde quando vocês entendem de futebol? Sufoco? Estamos praticamente na final, basta o Pindorama perder do Rio Branco. Eu não chamaria isso de sufoco.

— Tanto esporte foda, tipo basquete, vôlei... e você pagando pau pra um joguinho em que não acontece nada — continuou Michelle. — Vinte e dois idiotas correndo atrás de uma bola, não dá pra entender.

— Futebol é o esporte que o brasileiro simplesmente nasceu sabendo. É como quando você compra um computador e o pacote Office já vem instalado, saca? Faz parte do nosso gene, sei lá. Mas se vocês odeiam tanto futebol, por que não vão jogar vôlei, então? Ah, esqueci, vocês não têm altura, é verdade... — respondeu Rafa.

— Aceita logo, Rafito: só os mais burros jogam no time do colégio.

Enquanto Michelle teorizava a relação entre QI e a habilidade dos jogadores do Tom Jobim com a bola, Fábio comprovava a tese alguns metros adiante, junto aos seus colegas. Estavam todos suados e sem camisa, fazendo brincadeiras sexuais infantis, rindo de maneira exagerada, exibindo-se como pavões para as meninas que passavam.

— Olha lá! Observe o Fábio, por exemplo: é o capitão do time do colégio e nunca leu um livro na vida. Copia todos os trabalhos da gente, tira no máximo três em todas as provas e tem bolsa de estudo há cinco anos! — arrematou Michelle. — De que adianta disputar o campeonato es-tu-dan-til se ele não estuda? Sabia que quem não joga no time e tira uma nota abaixo da média perde a bolsa de estudos na hora? É no mínimo injusto. O Fábio não é um semideus, Rafa, acorda!

— Lembra do Ernesto falando sobre pão e circo? Então, o povo precisa de entretenimento! E algumas estrelas vivem para nos entreter, nada mais justo ganharem por isso. Se o Neymar tem um helicóptero com o nome dele é porque ele mereceu, igual a mina dos áudios, no zap. Nem todos podem ter um em seu nome, faz parte, é a vida.

— Você se ouve enquanto fala? Desde quando o Neymar merece ter um helicóptero? Quem definiu isso? Quem define quem merece e quem não merece? Meritocracia é ridículo.

— Que saco! Que papo idiota. Esquece isso, Michelle. Chega de tanto problema. Ninguém aguenta mais ouvir falar em problema. Nossa vida é só problema: recuperação, vestibular, faculdade... Vocês não percebem? É bom se divertir de vez em quando. E esse jogo deu mais alegria para mim que o Palmeiras e o Corinthians na Libertadores. Faz uns dez anos que a gente não ganha do Pindorama. Seremos nós os campeões desfilando em Porto Seguro! Bem no nosso ano de formatura... Puta que pariu! Que épico!

— Não tem nada de épico no terceiro ano, Rafa. Talvez no mês que vem, que é quando essa epopeia chamada vestibular termina.

— Que vestibular, Michelle? Alguém aqui tá falando de vestibular? Foda-se o vestibular! Esquece isso. Mais da metade da classe fará administração em uma faculdade bosta, apenas uns cinco por cento vão cursar medicina, direito ou engenharia, e uns dez por cento desses cinco por cento conseguirá passar numa boa faculdade. Ou seja: foda-se o vestibular, todo mundo só quer saber de futebol e Porto Seguro. A maioria vai se encontrar no cursinho, ano que vem. É melhor se acostumar com isso e aproveitar o restinho de colégio que falta.

— Meu Deus, você nem imagina como odeio concordar com você — disse Michelle.

— Desculpe, mas desde quando Porto Seguro é épico? — perguntei.

— Chega, não aguento mais esse assunto — rebateu Michelle.

— É o destino de todos os jovens do Brasil há pelo menos vinte anos — respondeu Rafa. — Vivemos trancados desde sempre. Primeiro em casa, depois nesta merda de colégio, no banco de trás do carro, no trânsito, na arquibancada, no banheiro... E tudo isso pra quê? Pra chegar no final e comemorar com um pouco de liberdade, longe do papai e da mamãe. Como? Onde? Hã? Não ouvi. Em Porto! Enchendo a cara de pinga! Não é Bariloche, nem o Rio de Janeiro, é Porto! É só o que importa neste ano.

Rafa era alucinado pela ideia da viagem de formatura. No fundo, como a maioria dos alunos, ele se iludia pensando que a vida terminaria em Porto Seguro. Rafa, digamos, era um verdadeiro portolover. Para ele, aquela praia baiana era a terra do hedonismo, da juventude, do amor livre; a primeira grande oportunidade do jovem de classe média finalmente passar alguns dias longe dos pais, enchendo a cara e fazendo o que bem entender — com o dinheiro dos pais, claro. Rafa tinha a certeza de que seria lá onde perderia a virgindade, até romanceava a cena em sua cabeça: se imaginava caminhando em direção a um quarto de hotel, com vista para o mar, de mãos dadas com o recém-conhecido amor de sua vida, depois de terem curtido uma incrível festa com seu DJ preferido até o nascer do Sol. Rafa era o único dos três que, até o momento, já tinha fechado o pacote da viagem com a agência. Pagou à vista, logo quando as vagas abriram. Rafa era rico, dinheiro não era problema. Por isso, se dava ao luxo de sonhar acordado com aquele dia. Em seus devaneios, Bruno Martini, DJ ídolo de Rafa, estava sempre presente, mixando as músicas do momento em botões coloridos piscantes, bebendo vodca sabor açaí.

Na porta do colégio, enquanto Rafa voltava de mais um desses devaneios, Amanda Hoffmann cruzava nosso caminho. Quando ela passava, era como se um anjo estivesse presente em nosso mundo, qualquer assunto se tornava menos importante. Era como se o tempo se esquecesse de nós apenas para vê-la caminhar. Aos que não podiam tocá-la, restava apenas o privilégio de assistir Amanda andar todas as manhãs. Todos sonhavam em transar com ela, até mesmo algumas garotas. Amanda era o grande amor da minha vida, desde o primeiro ano do ensino fundamental. Rafa sempre dizia que eu deveria arriscar algumas palavras, mesmo sabendo que Amanda Hoffmann só andava com os caras mais populares, ou seja, os caras do time de futebol. Mas, ao contrário de meu melhor amigo, sempre fui realista. Sei que água e óleo jamais se misturam, por isso nunca me arrisquei. Era melhor assim, nós aqui e eles lá. Penso que, às vezes, é preciso aceitar a derrota e seguir adiante. Não sei se você detesta spoilers, mas uma vez me disseram, e é importante você saber: a gente também perde no final. Então, pra que criar expectativas sobre tentar conquistar um anjo? Acorda, você é só um mortal.

Eu e a Michelle gostávamos de ser a minoria da escola, nos sentíamos raros. Rafa, não. Além de um cargo importante em uma multinacional, o pai de Rafa tinha muita grana. Como protocolo, a empresa obrigava todos da família a andarem apenas com motorista particular e em um carro blindado. Quando Rafa não estava na escola, no banheiro ou em casa, tinha sempre de andar acompanhado por aqueles dois homens de preto — dois caras legais, mas que pareciam ter saído de dentro do MIB. Aposto que morriam de calor naquele terno.

Nós nos despedimos de Rafa, que partiu para dentro do blindado. Seguimos caminhando por mais alguns instantes. Na calçada do colégio, alguns promotores de uma agência de turismo entregavam panfletos de Porto Seguro.

— Últimas vagas, últimas turmas!

Era melhor não pegar o panfleto, em vez de aceitar o papel e guardá-lo na lateral da mochila, mesmo sabendo que eu não iria para viagem de formatura alguma. Michelle simplesmente o recusou com um gesto discreto e agradeceu a panfletária com seus olhos sorridentes. Menos um papel no mundo, menos um adolescente em Porto, menos um vômito nas calçadas da Bahia. Que ecológico, que maduro, que merda.

Michelle é minha única melhor amiga. É mal-humorada, gosta das mesmas bandas que eu, odeia futebol, é incrível com instrumentos e canta lindamente. Tocar piano foi a única coisa que lembra ter aprendido com sua mãe, vítima de um terrível acidente de carro quando Michelle tinha apenas nove anos. O pai era quem dirigia. Dizem que ele estava bêbado e, por isso, foi culpado, então Michelle quase nunca fala dele. Apenas a menina sobreviveu. Desde então, com algumas cicatrizes, na alma e na testa, o milagre ambulante foi criado pelos avós, dois idosos simpáticos, mas com limitações compreensíveis de seu tempo.

— Já falou com seus pais? — perguntou Michelle, apontando para o panfleto dobrado.

— Pra quê? Já sei a resposta.

— Você deveria conversar com eles. Tudo se resolve. Dá pra parcelar em até vinte e quatro vezes, sei lá, a gente dá um jeito.

— Não é assim.

— Não é assim como?

— Nem tudo é uma questão de dinheiro, Michelle. Eu não vou pedir uma viagem sabendo que eles...

— Eu te empresto uma grana, depois você me paga.

— Você pirou? Não tenho como te pagar, eu não trabalho.

— E daí? Quando seus pais puderem, oras.

— Acho que você não entendeu: meus pais estão completamente quebrados, devendo horrores e pra muita gente. Isso significa que eles têm contas demais e dinheiro de menos. Talvez meus pais nunca saiam dessa. Não vou piorar as coisas por conta de uma viagenzinha.

— Não exagera, você é muito dramático. Tem gente dormindo debaixo da ponte, agora.

— Tá, Michelle. Sem essa. Não tô exagerando. Eu nem sei se eles vão conseguir pagar a mensalidade de uma faculdade ano que vem. É sério.

— Você é um gênio, vai passar na USP e fazer faculdade de graça, igual a todo mundo que não tem grana.

— Valeu pela força, mas já tá decidido. Usa tua grana pra outra coisa. Vou aproveitar que a escola vai estar vazia e ficar estudando pro vestibular. Você tem razão. Se eu quiser fazer faculdade ano que vem, preciso passar numa pública.

— Ah, tá! Claro. Você acha que vai conseguir focar em física enquanto o Rafa tá enchendo a cara, postando story de mulher de biquíni, esbanjando felicidade em Porto? Você vai querer se matar, isso sim. Talvez volte depressivo das férias.

— Relaxa, já passei para a fase de aceitação. E eles não vão pra Califórnia, é só Porto Seguro. Mas e você, por que não vai?

— Meu avô diz que Porto Seguro fede a mijo. Mas não é por isso. Talvez eu vá para outra praia, no litoral norte mesmo, uma que não tenha tanta gente, você sabe... Sei lá. Não pensei nisso ainda, mas preciso ficar sozinha, descansar a cabeça.

— Acho melhor começar a pensar. Daqui a pouco, todo lugar estará cheio, até mesmo aquela praia, em Ilhabela.

Michelle sonhava em voltar para Ilhabela. Tinha uma foto com a mãe lá, a última que tiraram, algumas horas antes de entrarem no carro e... Bem, você sabe. A foto foi tirada em uma praia paradisíaca e misteriosa da ilha, um lugar que poucas pessoas conhecem por ser isolado da civilização, no meio do mato, sem energia elétrica. Pelo que Michelle conta, a mãe dela era como Marlow, não se conformava em viver sem aventura, no conforto da cidade grande, por isso viajava. Acho que consigo imaginar a dor de Michelle ao perder alguém assim. É preciso ser mesmo muito forte para superar a perda de alguém como Marlow.

Nosso ônibus chegou. Permanecemos em silêncio, dividindo o mesmo fone de ouvido, como sempre fazíamos. Quando sentávamos, Michelle quase sempre dormia no meu ombro, acordando apenas nas lombadas, quando o motorista, entediado, passava por elas sem frear. Assim como o motorista, Michelle também acordava cedo, trabalhava até tarde e sentia muito sono de manhã. Aproveitei o silêncio para ler mais um trecho do livro. Apenas um trecho, para não acabar tão rápido. Foi inevitável, não me dei conta, mas, pouco a pouco, *Juventude*, aquele livro fininho, acabaria.

E, no meu caso, havia a minha juventude para me tornar paciente. Tinha todo o Oriente diante de mim, toda a vida e o pensamento de que eu havia passado por uma dura prova

naquele navio — e me saíra bem. E pensava nos
homens de antigamente que fizeram há séculos
o mesmo caminho em navios nada melhores em
direção à terra das palmeiras, das
especiarias, das areias amarelas, das nações
amorenadas sob o governo de reis mais cruéis
que Nero, o romano, e mais esplêndidos do que
Salomão, o judeu.

Enquanto sonhávamos com a viagem de formatura, nada de
emocionante me acontecia, exceto aquele livro. Quando as
poucas páginas de Joseph Conrad terminassem, eu me tor-
naria órfão. Eu precisava de um pouco do calor da história
em minha vida, na palma das mãos, sujas de pó. Pensei na
possibilidade da viagem para Porto, ou de qualquer outra
viagem. De bater perna por aí, sem destino, pela estrada. Sei
lá, qualquer coisa que chacoalhasse a vida, que desse sentido
à minha rotina ordinária. Pensei em arranjar uma forma de ir
com o Rafa para a Bahia, porém, após avaliar as possibilida-
des, desisti. Porto Seguro duraria apenas alguns dias, depois
tudo voltaria ao normal. Eu precisava de mais, precisava da
sensação de aventura para a vida inteira, e precisava de alguém também. E eu não tinha mesmo dinheiro para ir para
Porto. Ao contrário de Rafa, nem meus devaneios me confor-
tavam: me imaginava bêbado após tomar drinques duvidosos,
ouvindo o Alok estragar boas músicas com seus remixes; imaginava Amanda Hoffmann passando por mim, e meus olhos
indo direto para as mãos dela, só para ver que ela estava de
mãos dadas com Fábio, ele se exibindo sem camisa na areia.
Esquece, mesmo se tivesse dinheiro, Porto Seguro não era pra

mim. Michelle estava certa. Eu não deveria ter pegado aquele maldito panfleto. Imagine gastar todo aquele dinheiro — que eu não tinha — para ver o amor da minha vida beijando o cara mais babaca do colégio... Que estupidez. Eu deveria ter me esforçado para chamar a atenção dela alguns anos antes, na época do fundamental, ou nas aulas de inglês, enquanto tinha chances. Tarde demais, estávamos praticamente formados.

— O foda é que todo mundo vai — falei.

— Quê?

— Nada, esquece. Pensei alto.

— Fala — insistiu Michelle.

— Pra Porto. Todo mundo vai.

— Eu não vou.

— Você entendeu, Michelle. A gente não pode ficar sem fazer nada.

— Você tá querendo dizer todo mundo ou só a Amanda Hoffman?

— Esquece.

— Fala, André.

Permaneci em silêncio.

— Desculpe, mas vocês não têm nada a ver. Amanda escuta sertanejo e é fã de Big Brother. Ela anda com o time de futebol e venera o Fábio. E você é um cabeludo de poucos amigos, que curte Bob Dylan e o Batman do Michael Keaton.

— Você não pode julgar o disco pela capa, só porque não vai com a cara dela. E ela não ouve só sertanejo. Já vi Bob Dylan nas playlists dela. Isso equilibra bem as coisas. As pessoas ecléticas existem, ué.

— Não dá pra conhecer uma mulher com base numa playlist. Nós, mulheres, somos mais complexas que isso. Mas é bem provável que ela tenha ouvido Bob Dylan num dia aleatório e apenas ficou salvo no histórico, ou talvez só ouça aquela clássica que todo mundo conhece porque toca na rádio. Se você gosta mesmo da Amanda, para de *stalkear* o Spotify dela e conversa olhando em seus olhos, de uma vez por todas. Pessoalmente, igual gente grande, entendeu?

— Você tá brava?

— Claro que não.

O ponto dela chegou. Agora, eu tinha os dois fones só para mim. Com a cabeça encostada na janela do ônibus, ouvindo *Clube da esquina Nº2*, pensei sobre a vida. Pensei na viagem de formatura, em outras viagens, na estrada e no desejo de fugir sem rumo, até chegar em casa e encontrar meu pai, de bermuda e chinelo, com a barba por fazer, procurando emprego.

Que imagem terrível. Torcia para esquecê-la. Não me acostumava a ver meu pai assim.

Esquece.

Porto Seguro não passava de um devaneio, uma pegadinha capitalista de mau gosto contra o brasileiro, contra mim, que estava moral e financeiramente falido.

2

Meu pai é um incrível jornalista, formado na melhor universidade do país, o prodígio de uma família italiana muito pobre que, depois de desembarcar no Brasil, se tornou burguesa em poucos anos, vendendo banha de porco e azeite num armazém improvisado. Apesar da terrível história de seus antepassados, meu pai nunca teve grandes problemas na vida, sempre viveu como um playboy, usando calça boca-de-sino e morando na melhor cidade do país em plena década de 1970. Ele nunca teve que comer cascas de batata do lixo, nem fazer sopa de pedra, como fizeram meus avós durante o terrível período que assolou a Europa, a Segunda Guerra Mundial.

Perto da fome, da guerra e do frio, dever no banco não foi o pior destino de um membro da família Mazzini. Foram muitos anos de glória, mas agora, a família se prostava a reclamar da vida, dos novos tempos, do século, como se tudo estivesse realmente perdido. Não estávamos em guerra, mas o mundo nos parecia problemático demais — ou nós que andávamos problemáticos demais para o mundo. Meu pai culpa a modernidade, ou melhor, a internet. Mais especificamente, a popularização da internet, que acertou em cheio os jornais e a maneira como as pessoas consomem notícias. Fechados em seus escritórios, os editores não perceberam que o mundo mudou, e os jornais e revistas impressos quase quebraram. Quase. Para continuarem existindo, muita gente perderia o emprego. Entre essas pessoas, estava meu pai, que depois de quase vinte anos na redação do jornal, aprendeu, do dia para a noite, que, quando uma empresa quebra, a única diferença entre o editor-chefe e o estagiário é o tamanho da rescisão. Eu culpo a humanidade, tudo isso que está aí é culpa nossa, até as blogueiras gravando TikTok no leito de morte da mãe. Que merda de época, a nossa. Sísifo largou a pedra e foi pra casa descansar, pois nada mais importava.

Minha mãe estudou na mesma universidade que meu pai, inclusive eles se conheceram lá. Dizem que foi num esbarrão, desses que a gente vê em filme. Nove meses depois que os livros de mamãe caíram no chão após ela trombar com papai, eu nasci. Ao contrário de meu pai, minha mãe não nasceu bem de vida. Para ela, dever no banco não era a pior coisa que nos podia acontecer, o importante era ter saúde, e isso tínhamos de monte. Mamãe cresceu acostumada a viver com pouco e a dividir o pouco que havia entre ela e seus seis irmãos. Não sei como, mas ela carregava uma certeza absurda de que sairíamos logo dessa.

Nem sempre estivemos endividados. Não me lembro direito quando aconteceu. Mas lembro dos tempos de vacas gordas, me recordo dos aniversários, sempre nos melhores buffets da cidade. Uma vez, tive uma festa temática, e me botaram vestido com uma fantasia de Batman hiper-realista. Lembro desse dia porque foi quando tudo mudou, foi quando eu chamei a dona Neuza, a babá que me criara até então, de mãe. Desde então, meus pais decidiram viver apenas com o salário do papai, para que minha mãe — a biológica, não a Neuza — acompanhasse meu crescimento de perto. Nós vivíamos muito bem apenas com o salário dele e eu nunca mais ouvi falar de dona Neuza.

Mamãe não aguentou muito tempo e logo voltou a lecionar. Mas foi difícil encontrar alguém como a dona Neuza. Depois, mamãe cansou da sala de aula outra vez e passou mais um tempo em casa. E assim cresci, nas entressafras do trabalho dela. Nessa época, mamãe não trabalhava por dinheiro, apenas tinha esse jeito inquieto, por isso não conseguia ficar sem trabalhar durante muito tempo, detestava sentir-se inútil, como um vaso, assim dizia ela. Em sua última aventura, quando eu passei a me virar sem donas Neuzas e já pegava ônibus para o colégio sozinho, ela resolveu empreender: comprou a livraria de uma amiga da época do colégio.

No meio disso tudo, a vida passou, e depressa conquistei os primeiros pelos no queixo, depois no saco, e o único bem que restou à família foi a bendita livraria. Mas não era uma livraria qualquer: era o lugar preferido delas, aonde ela e a amiga iam quando crianças depois da escola. A pergunta que mamãe nunca fez à sua amiga foi por que alguém estaria vendendo uma livraria de bairro depois de quinze anos? Dane-se, sonho é sonho. E mamãe sempre sonhou em ter uma livraria, por isso nunca perguntou nada a respeito da venda. Bem ou mal, foi graças a essa loja de livros que não quebramos de vez com a demissão de meu pai. É graças à livraria, também, que me tornei um pouco diferente dos caras do time, que nada liam. No fim do dia, apesar de sentir-se culpada por ter passado muito tempo trabalhando fora de casa, mamãe sempre trazia um livro diferente para mim. Ainda me lembro do primeiro livro que li sem ser obrigado pela escola: *Misto quente*, do Bukowski;[3] depois Salinger,[4] meu boca suja preferido. Me sentia um rebelde, mesmo sem tirar a bunda do sofá.

A cada semana, minha estante de livros só aumentava. E passei a ler até bula de remédio, de tão viciado — não nos remédios, é claro. E lia todas as placas, toda informação de letreiros, toda palavra que avistasse. Com muito tempo livre e pouco interesse pela vida, tudo o que eu fazia era ler. Mas como a vida não é um roteiro de *Malhação*, certo dia, um tal de Jeff Bezos começou a vender livros pela internet, num site que o deixou bilionário, chamado Amazon. Os livros custavam um terço do preço e podiam ser lidos num aparelhinho preto vendido — adivinha onde? — no mesmo site. Que ideia brilhante, não? Inventar o problema e vender a solução é uma estratégia mais antiga do que a primeira moeda. Pra piorar, as pessoas acharam superdescolado e ecológico desfilar com seus livros digitais, pasmem, de plástico, por aí. Depois, Jeffinho passou a vender não apenas livros digitais em seu site, mas qualquer outra coisa que o dinheiro pudesse comprar. De se-

---

3 O Velho Safado escrevia poesia também. Olha estes versinhos de "O Coração risonho": Você não pode vencer a morte, / mas você pode vencer a morte durante a vida, às vezes. / E quanto mais você aprender a fazer isso, / mais luz vai existir. / Sua vida é sua vida.

4 Faça um favor a si mesmo: leia *O apanhador no campo de centeio*.

mentes de coentro a um desfibrilador, tudo estava lá, a um clique de distância. Jeffinho ficou bilionário, e nós, falidos; e foi assim que a Amazon fodeu com as livrarias, bem como com inúmeros outros pequenos comércios não só de livros, não só o de minha mãe.

Graças a esse site, Jeff Bezos pôde conhecer a Lua, tudo pago com seu próprio dinheiro. Não que ele seja culpado por inventar a Amazon ou por conseguir visitar a Lua com a própria grana, mas esse homem incrível, essa careca brilhante, uma máquina de empregos infelizes e automatizados, o cosplay de Lex Luthor, o gênio visionário que, depois dos livros, nos vendeu diversas coisas inúteis, foi a pessoa mais odiada nos jantares de família — ele e todos os últimos ministros da economia do Brasil. E pensar que tudo seria diferente se minha mãe tivesse comprado da amiga uma livraria on-line; talvez fôssemos nós os primeiros a conhecer a Lua com a própria grana.

Meus pais nunca foram do tipo que guardavam ou investiam dinheiro, eles gastavam tudo. Me lembro das viagens, dos bons restaurantes, dos charutos cubanos e dos vinhos caros que papai adorava comprar. Meu avô, que achava nosso estilo de vida incompatível com os rendimentos de meu pai, sempre dizia que quanto mais alto fosse o voo, maior seria a queda. Resultado: vendemos a casa de praia, o sedã importado, as joias de mamãe... E viagens se tornaram raras, até mesmo para o litoral norte de São Paulo. Não que fôssemos milionários e, em um dia, tudo nos tivesse sido tirado, mas o dinheiro passou a ter outro significado, e não conseguíamos mais ser felizes com sua ausência.

Diante de tantos boletos, o lar da família Mazzini era onde eu nunca queria estar. Fingir que os problemas não existiam era melhor do que encarar os fatos. Por isso, depois da aula, eu inventava qualquer compromisso para evitar ouvir as discussões — quase sempre sobre dinheiro. Quando não passava a tarde na casa de Rafa, assistia a um filme no Belas Artes, um dos últimos cinemas de rua da cidade. A vida só fazia sentido dentro daquela caixa preta, com som estéreo, poltronas em couro, vermelhas, onde era possível sentir o chão trepidar com o metrô passando sob nossos pés. Nos cinemas de shopping não era assim, nada disso era possível. Eu odiava os cinemas de shopping, e odiava também os shoppings: não tinha motivo algum para frequentá-los. Aqueles filhotes fofos de cachorros expostos nas vitrines dos pet shops, os corredores sempre cheios de gente, a falta de janelas e de ar fresco, aqueles Stormtroopers sobre rodas... Ao contrário do que dizia Rafa, nunca fui cult, nem metido a cinéfilo, apenas não me interessavam os shoppings, onde só projetavam no cinema os mesmos filmes de sempre.

Michelle era a única capaz de me acompanhar naquelas tardes, porque ela também detestava os filmes de herói. Mas desde que havia conseguido o emprego na lanchonete, raramente tinha as tardes livres. Nunca conheci outra garota que topasse trocar *Os Vingadores* por um filme do Billy Wilder,[5] por exemplo. Antes de ela começar na maldita lanchonete, nunca perdíamos uma sessão dupla, com o segundo ingresso pela metade do preço. Era perfeito, muito econômico. Nos divertíamos à beça.

---

5 Billy trabalhou com Marilyn Monroe, Audrey Hepburn, Gloria Swanson e Marlene Dietrich. Tá bom ou quer mais?

Sortuda foi minha vó Anna, que contou ter conhecido Fellini,[6] Scola[7] e Antonioni,[8] lá na Itália, isso quando o cinema ainda era algo importante na vida das pessoas, quando as únicas estrelas eram as do cinema. Foi minha vó quem ensinou ao meu pai tudo o que ele sabe sobre os filmes. E foi ele quem me ensinou a gostar de filmes. Espero que um dia ainda exista cinema, para eu ensinar meu filho a gostar também. Saudade, vovó. Que Deus a tenha. E se Ele estiver lendo este recado, por favor, faço apenas um pedido: gostaria de ter tido dezoito anos quando Mark Zuckerberg nem ao menos era um espermatozoide, ou melhor, quando *La Dolce Vita* era a grande estreia da semana.

Desde o começo do terceiro ano, Rafa estava sempre ocupado e também não podia mais me acompanhar nas tardes de cinema, pois sempre tinha alguma atividade extracurricular que lhe obrigavam a fazer. Os pais o queriam mais ocupado — e longe — possível, assim não precisavam dar tanta atenção para o filho que botaram no mundo. Quando ele não estava nas aulas de recuperação do colégio, estava no inglês, no xadrez ou no Kumon — um método que transforma teu cérebro no de um estudante japonês campeão das olimpíadas de matemática.

Enquanto o pai de Rafa trabalhava demais e não tinha tempo para o filho, meu pai estava desempregado fazia dois anos e tinha todo o tempo do mundo, mas quase nunca con-

---

6 Assistir *Noites de Cabíria* é tão importante quanto ter os álbuns preferidos offline no celular.
7 *Nós que nos amávamos tanto.*
8 *Depois daquele beijo.*

versávamos. E a Michelle... Bem, ela nem se lembra do pai. Pois é, quem faz sentido é o soldado, não a vida.

Quando cheguei em casa, depois da vitória do Tom Jobim, subi as escadas correndo para trocar o uniforme e voar para o cinema. Durante os saltos duplos nos degraus da escada, não me dei conta. Que erro! Deixei cair o panfleto da viagem pra Porto Seguro. Meu pai o encontrou jogado no chão, mas escondeu o papel, e conversou comigo a respeito daquele panfleto somente alguns dias depois.

Enquanto eu me trocava para ir ver um filme, Michelle dava duro no trabalho, cumpria oito horas de expediente por dia, de segunda a sexta, na lanchonete perto do colégio, um lugar insuportável que se autointitulava cafeteria, restaurante e pizzaria, tudo ao mesmo tempo. A depender de seu humor, Michelle chamava a espelunca cada vez de um nome, por isso, para facilitar, aquele lugar foi descrito por mim como uma lanchonete. Me recuso a divulgar o nome, mas basta dizer que havia de tudo lá, menos boa comida. A dona era uma mulher amarga e viúva, o estereótipo de uma bruxa contemporânea, que gritava com os funcionários e se achava heroína por ter cinco funcionários e um CNPJ. Grande merda. A velha administrava aquele lugar como quem administra um puteiro: contratava meninas de dezesseis a vinte e poucos anos e lhes dava uniformes curtos, apenas para atrair os funcionários do prédio da frente, um complexo de vidro cheio de executivos tarados usando crachá.

Depois do almoço, um grupo de vendedores da concessionária em frente tomava café por lá. Às dezesseis horas em ponto, já estavam sentados, com as mãos sujas em cima da mesa. Preciso dizer que Michelle era alvo de comentários escrotos de caras com pelo menos o dobro da idade dela? Quando começou no trabalho, minha amiga chorava de raiva, sempre escondida, no banheiro; mas, depois de um tempo, começou a responder aos imbecis na mesma moeda. A última confusão se deu quando ela reagiu dando um tapa na cara de um rapaz que colocou a mão na cintura dela ao pedir um cappuccino. Depois daquele dia, por medo de perder a melhor funcionária, quando o relógio marcava dezesseis horas, a patroa mandava Michelle para a cozinha.

Michelle nunca levou desaforo para casa, aprendeu a se virar desde cedo. Por diversas vezes, tentei convencê-la a pedir demissão e denunciar aqueles caras, mas ela era orgulhosa e gostava de não depender do dinheiro dos avós. Michelle não era como as outras meninas do colégio. Todos a chamavam de sapatona, cola velcro e, às vezes, de andrógina — mesmo sem saber ao certo o que isso significa. Michelle sofria bullying até mesmo das garotas feministas do colégio. Sororidade? Porra nenhuma, aquilo era uma selva, com leis próprias. Talvez fosse porque Michelle caminhava de um jeito diferente, ou porque não usava maquiagem, ou, então, porque seus dois únicos amigos eram homens e esquisitos; talvez, porque não gostasse de rosa o suficiente, ou não fosse à manicure, talvez porque não se depilava com a mesma frequência. Enfim, o Tom Jobim era um colégio movido a rótulos, um lugar onde a forma dilacerou o conteúdo.

Voltando à minha tarde, assim que terminei de me trocar, fui para a rua, em direção ao cinema. Enquanto caminhava até o metrô, fui pensando na viagem pra Porto, na bebida, na oportunidade de finalmente transar... A verdade é que eu e o Rafa não sabíamos quase nada sobre sexo e ainda éramos virgens. As aulas com a professora de Biologia também não nos ajudaram muito, eram completamente técnicas para um assunto tão subjetivo e prático. Sinto que a professora nunca conseguia falar sobre sexo da mesma maneira que falava sobre mitocôndrias. Ninguém queria saber como colocar a camisinha numa banana, por exemplo. Àquela altura, fazíamos isso sozinhos, em casa, de maneira intuitiva — ou pelo YouTube; não precisávamos de uma fruta. Nossas dúvidas eram maiores que isso, e quase sempre sanadas de maneira atabalhoada pelos pais. Mas Michelle não tinha essa sorte, já que sua única referência era sua avó Lurdes, de 72 anos. Minha mãe, mais jovem que a vó Lurdes, tentou ajudar algumas vezes, mas não conseguiu abertura suficiente para conversar sobre o assunto com Michelle. Ela nunca permitiu que cuidassem dela. A primeira vez que Michelle esteve em um ginecologista foi aos quinze anos de idade — sei disso, porque minha mãe a levou, quando descobriu que ela nunca visitara um médico deste tipo antes. Não era culpa da vó Lurdes, no tempo dela era diferente.

Ao mesmo tempo que crescemos carentes de educação sexual, isso não era lá um problemão para nós. Talvez fosse em Porto, onde a maioria se organizava em pares para transar pela primeira vez; mas nenhum de nós três tinha pretensões disso até o momento, e apenas o Rafa viajaria para Porto. Permanecer como completos ignorantes no assunto não geraria nenhuma criança, nem doenças venéreas, no momento. Por enquanto, éramos felizes — e virgens.

Quando estávamos a sós, sem Michelle, eu e o Rafa falávamos muito sobre sexo. Claro que não gostávamos de ser virgens, mas não sabíamos se Michelle também se sentia assim. Ela nunca falou sobre isso com a gente, pelo menos não comigo, nem com ele, acho. Nós também nunca perguntamos, pois era um código de conduta bem estabelecido entre nós. Michelle era tão evoluída para a idade que algumas coisas passaram batido durante a adolescência, como, por exemplo, reparar se gostava de meninos ou meninas, ou dos dois, ou de nenhum. Ela parecia não ter paciência para flertes, nem paixonites, então simplesmente ignorava o assunto. Michelle parecia não querer transar nunca, mas acho que era tudo autodefesa, uma maneira de ela não precisar lidar com o assunto. Acontece que os hormônios tardam, mas não falham.

Cada um tem seu tempo, é claro. Mas num certo momento, Michelle teria de lidar com aquele corpo que Deus deu pra ela. Nós, os meninos, é quem tínhamos pressa. E sabíamos que ela não era assexuada, como a maioria dos alunos julgava. Demorei pra notar, mas Michelle realmente ficou diferente depois das últimas férias. Algo mudou. Sim, foram eles, os malditos hormônios. Tardam, mas não falham. E explodem sem avisar.

Depois das férias de julho, Michelle passou a chamar atenção não só dos marmanjos que frequentavam a lanchonete, mas também dos garotos do colégio. Como só tinha olhos para Amanda, não percebi que minha melhor amiga se metamorfoseou em uma das mulheres mais gostosas do colégio.

3

Desde que minha mãe passou a sustentar a casa, saía cada vez mais cedo e chegava cada vez mais tarde do trabalho. Foi assim durante toda minha infância, faz parte do desafio de ganhar a vida, e nós quase nunca nos encontrávamos. Mas ela aguentava a barra sozinha, vivia cansada, perambulando pela casa com suas olheiras escuras e escápulas aparentes. Machucava ver meu pai, mesmo sem dizer nada, se sentir um inútil perto dela.

Não demorou muito até que a agitada rotina esfriasse a relação dos dois. Minha mãe sempre dava a palavra final, mas era ele quem pagava. Foi difícil, para papai, perder o posto de provedor. Sem emprego, ele perambulava pela casa como um incapaz, alguém destituído de sua energia vital. Com muito tempo livre e pouca coisa pra fazer, naturalmente ele assumiu as funções da casa — e sentia-se ainda pior por causa disso. Além de todos os preconceitos, as tarefas domésticas exigiam o preparo físico e a organização que ele definitivamente não tinha. Logo meu pai, que me ensinou que um homem sem emprego é um homem morto. Era como se sentia, morto — à beira de uma depressão, flertando com ideias proibidas, daquelas que só se tem quando não há mais perspectiva na vida, quando não há luz nem mesmo do lado de fora do túnel, quando não importa a hora e é sempre de noite. Pra piorar, meu pai nunca se rendeu à terapia e não estava disposto a trabalhar com algo por que não fosse completamente apaixonado. Ele preferia a morte a trabalhar por obrigação.

Dizem que apenas 28 por cento das pessoas têm o privilégio de gostar do próprio trabalho. Eu só gostava de filmes e de livros. Seria eu um cineasta ou um escritor? Pouco importa, histórias não pagam boletos, eu morreria de fome do mesmo jeito.

Que cagaço de terminar igual ao meu pai.

No colégio, os alunos já estavam em ritmo de férias. Nos restavam menos de trinta dias para o fim das aulas e todos agiam como se já tivessem sido aprovados no vestibular. Era muita euforia, e poucos professores conseguiam conter a zona.

Meus pais sempre acharam um exagero eu detestar o colégio daquela maneira, uma instituição tão importante para o futuro país. Para eles, que deixaram o colégio vinte e poucos anos atrás, a escola ainda era uma casinha feliz e sagrada — será que um dia chegou a ser? —, e os professores eram verdadeiros paladinos da educação, que nos amavam como se fôssemos, de fato, o futuro deste país. Foda-se tudo isso. A verdade é que em dez anos de estudo, perdi 3653 dias, e as coisas mais importantes da minha vida eu aprendi bem longe do colégio. Michelle e eu já tínhamos passado de ano em quase todas as matérias, menos em História. Não foi tão difícil assim, precisávamos de pouca nota. Mas o Rafa estava pendurado em muitas delas, inclusive em História, e precisaria da ajuda dos professores, com quem não tinha nenhuma credibilidade, no conselho de classe.

O corpo docente do Tom Jobim concordava em apenas uma coisa, uma vez por ano: acabar com as férias do Rafa. Ele merecia as advertências, as broncas, as notas que tirava nas provas, as recuperações, mas todos pensariam diferente se ele fosse o camisa dez do time de futebol. Dizem que os professores o odiavam porque o pai pagou uma boa grana pro Rafa passar do segundo para o terceiro ano. O problema é que — dizem — o diretor não cumpriu o acordo e ficou com a maior parte da grana dos professores. Rafa negava o boato, e nós nunca falamos sobre isso. Não duvido que seja verdade, o pai dele era bem capaz disso tudo, já o vi em situações menos éticas para defender os próprios interesses. O homem respirava dinheiro. Só falava disso. Quanto mais ganhava, mais queria ganhar. Mas, infelizmente, Rafa precisava de algo que o dinheiro do pai nunca poderia comprar: amor.

De hora em hora, dois toques agudos no pé do ouvido anunciavam a troca de professores. Impossível confundir com os do intervalo, mais graves e longos. Durante a troca de professores, com sorte, era possível escutar umas três músicas e observar Amanda Hoffmann existindo antes de o próximo professor entrar na classe. Rafa estudava em outra sala, no andar de baixo, o terceiro B. Longe de nós, Rafa nutria amizade com alguns rapazes mais novos, o pessoal da sala ao lado, o segundo B. Nada contra os caras do segundo ano, mas, durante a troca de aula, Rafa inventou de ser amigo justamente daqueles que infernizavam os novatos do primeiro ano. Algumas brincadeiras até que eram engraçadas, mas outras eram bem idiotas. Rafa estava sempre metido com eles na coordenação.

Me lembro de quando estávamos no segundo ano e éramos empurrados pelos caras do terceirão no corredor. Quando passei a revidar, começaram a me respeitar, ou melhor, ignorar. Rafa não teve a mesma sorte. As calças dele sabem mais do que ninguém o que significa bullying, já que foi o alvo preferido dos famigerados cuecões até o dia em que os caras do terceirão se formaram. Hoje, éramos nós os veteranos, os temidos do terceirão, e as calças de Rafa não sangravam mais. Zoar os caras mais novos talvez seja a maneira que ele encontrou de descontar tudo o que sofreu no colégio. Esperta foi a Michelle, que passou metade de seus dias dormindo. Michelle era praticamente invisível e quase nunca frequentava a diretoria. Ninguém se importava quando ela abaixava a cabeça na carteira e simplesmente dormia — muitas vezes até o fim da aula; os professores tinham pena por ela ser a única garota órfã da escola, então faziam vista grossa quando ela infringia alguma regra.

No terceiro ano não foi diferente: Michelle só dormia. Num desses dias em que Michelle babava de sono, o professor de História atrasou o equivalente a quase cinco canções do icônico *Sgt. Pepper's*. Pensávamos que algo tivesse acontecido, que a aula seria cancelada. Os docentes costumavam enrolar para entrar na sala, mas não como naquele dia. Eu adorava quando eles atrasavam mais que o normal. Naquele dia, fiquei hipnotizado observando Amanda enquanto escutava canções de amor dos Beatles. Eu e a Michelle sentávamos no canto esquerdo, em uma fileira antes do fundão, o lugar mais subestimado pelos alunos. Mal sabiam eles que aquela era a vista mais privilegiada da sala: de lá, eu conseguia enxergar todos, sem nenhuma cabeça gigante tampando minha visão — um bom lugar para quem detestava estar em evidência. E Amanda Hoffmann sempre estava em evidência. Gostava quando ela fazia tranças no cabelo, quando usava camiseta de bandas sem sutiã. Se é verdade que ela nunca escutou as músicas do Nirvana, ao menos aquelas camisetas com o rosto do Kurt Cobain lhe caíam bem.

Amanda era do grupo de teatro, de dança e de música, além de ser a chefe das líderes de torcida. Amanda sonhava em ser atriz, ou modelo, mas sem pressa. Quando eu estava perto dela, sempre me ocorria a ideia de congelar o tempo por alguns segundos. Apenas alguns segundos. Depois, eu voltaria para o meu lugar antes que alguém pudesse descobrir minha covardia. Num dos dias, um desses últimos dia de aula, Michelle falou:

— Aproveita que agora ela só tem trinta mil seguidores. Quando casar com um jogador de futebol, aí acabaram suas chances.

Talvez Michelle tivesse razão. Amanda seria muito famosa, dessas mulheres com milhares de seguidores, então poderia ter qualquer um a seus pés. No fim da quinta canção do álbum, Adalberto, o professor de História, finalmente entrou na sala. Adalba, como o chamávamos, era um quarentão metido a Che Guevara, um tipo meio Caio Blat, meio professor descolado de filme adolescente brasileiro. Meu desinteresse pelas aulas de Adalba começou depois que meu pai me mostrou um filme incrível sobre a Revolução Cubana, a cinebiografia de Reinaldo Arenas, interpretada pelo genial Javier Bardem. *Será que ele nunca viu esse filme?*, me perguntava.

— Terceirão! Silêncio!

Todos sentaram.

— Tô aqui com a nota da prova do fim do bimestre. Bem decepcionado, por sinal...

Ele adorava sermões. Adalba dava sermões em qualquer situação. Já estávamos acostumados, mas sempre me dava sono. Nesse dia, Adalba expulsou Fábio por deixar escapar uma risadinha enquanto ele proferia sua sabedoria divina aos alunos. Não que Fábio não fosse realmente muito folgado. Toda vez que era expulso, Fábio agia como um bandido no Velho Oeste. Fazia questão de arrumar as coisas lentamente, em tom de provocação. Com os olhos cerrados, Fábio encarava o professor. Se pudesse, Adalberto bateria em Fábio, que, além de importunar as aulas dele, era a personificação do que Adalba mais odiava: o playboy branco privilegiado e folgado. E Fábio ainda descia o tablado da sala com cara de mau, tentando impressionar as garotas.

Depois de expulsar o artilheiro do time, o professor estabeleceu a paz e continuou o sermão.

— Vocês são os playboys mais inúteis que eu já vi. Não fazem nada com as incríveis oportunidades que têm. Não chegam aos pés dos jovens ricos franceses que vimos na aula passada. E olha que eles mal tinham energia elétrica! Ah! Quem me dera... Na idade de vocês, se eu tivesse as oportunidades que vocês têm... Bom, não é problema meu. Mas que fique claro: História não serve só para passar no vestibular, meus queridos, serve pra vocês não serem os idiotas do futuro, meros pagadores de impostos, chamando um idiota de mito nas próximas eleições... Vocês pensam que estão arrasando com essas piadinhas nas provas, né? Vocês farão piadinha no vestibular também? Piada mesmo será o vosso futuro, senhores.

Adalba estava certo, absolutamente. Mas deixava os discursos sempre mais dramáticos do que o necessário, e eu estava com tanto sono naquele dia... Minha cabeça logo começou a cair, subir e cair... Como se estivesse cumprimentando alguém, de olhos fechados, como um morto muito louco. Enquanto Adalba falava, meu corpo lutava contra o terrível sono que me invadira; não pude esconder isso por muito tempo.

— Alguém aqui está preocupado com alguma coisa a não ser Porto Seguro? Ei! André!

Abri os olhos, muito confuso, mal sabia onde estava.

— Oi, é, sem dúvida... Desculpa — balbuciei, com a voz de um bêbado.

— Oi, querido. Tudo bom? Bom dia. Quer um cafezinho, senhor?

— Desculpa, professor, não dormi bem essa noite — respondi.

— Tadinho, quer um cobertor? Eu sei que teu sono deve estar muito mais interessante, até porque esse papo não deve fazer sentido pra alguém como você.

Peraí. Ele estava me dando sermão ou me elogiando? Por que não faria sentido para mim? Merda! Eu estava dormindo, não entendi nada. O que ele falou mesmo? Justo a única nota que me faltava para passar de ano. Estava com medo, porque discordei de toda a teoria na prova dele. Merda. Adalba não aceitaria ser contrariado, provavelmente eu tiraria algo perto de zero, pensei, desesperado.

Alguns minutos depois, Adalba encerrou a palestra e entregou as provas. Não pôde conter a satisfação ao entregar aqueles papéis, ou melhor, aquelas sentenças, cheias de notas vermelhas. Adalba gritava de maneira perturbadora o nome de cada um dos alunos, em ordem alfabética, sempre usando o sobrenome do meio, aquele que ninguém — a não ser você mesmo — conhecia. O rosto dos alunos estampava medo, um medo muito maior que o meu, que não teria a viagem de formatura prejudicada por conta de uma recuperação em janeiro. Chegou minha vez.

— Parabéns, André. A nota mais alta da sala — falou Adalba. — Apesar de discordar de mim, você apresentou sua tese de maneira original e organizada. Mereceu a nota apenas pelo senso crítico. Ah, e eu adoro aquele filme do Bardem que você citou.

Quando me entregou a prova, logo vi um nove e meio, azul, estampado na frente da folha. Quebrei a cara. Não era apenas uma nota alta, era praticamente um *habeas corpus*. Tratei logo de assinar aquele documento, sem nem checar a questão que me fez perder meio ponto. Ao sair, quando me virei para retornar ao meu humilde lugar, topei com ela, um pouco nervosa, com um sorriso sem graça de canto de boca: Amanda Hoffmann. Quase nos beijamos, em um selinho atrapalhado, quando dois corpos têm pouco tempo e pouco espaço para desviar para outro caminho e, num acidente, se encostam. Me esquecia de que ela sempre era a próxima da lista, todas as vezes, todos os anos. Não soube o que dizer, um silêncio terrível caiu sobre mim. Amanda ficou um pouco assustada, já que eu a olhava como Edward, o Mãos de Tesoura, olhava para alguém.

Amanda rompeu o constrangimento.

— Parabéns, André. Pelo menos alguém da sala vai pra Porto sem precisar se preocupar com a recuperação.

Deixei escapar um sorriso tímido, tentei balbuciar uma resposta efetiva, mas nenhuma das onomatopeias que disse possuíam significado na língua portuguesa. Amanda fingiu entender, sorriu e depois seguiu até a mesa de Adalba. Então, finalmente, de minha boca saiu um *Valeu, Amanda*, dito com o mesmo delay e naturalidade do Stephen Hawking.

Aquele breve diálogo martelou minha cabeça durante horas. O que significava aquela interação? Por que justo agora? Não significava nada além de um diálogo casuístico entre duas pessoas que se esbarram numa sala de aula, eu sei. Mas eu era tão apaixonado pela Amanda que só pensava em um possível flerte, na maldita arte do flerte, que tem mais códigos ocultos que as paredes de uma pirâmide. Debati comigo mesmo sobre o motivo de ela dizer daquelas palavras, buscando alguma possibilidade de Amanda realmente estar flertando comigo. *Impossível, seu idiota, ela nunca daria mole pra você*, concluiu o setor pessimista do meu cérebro, responsável pela maior parte das minhas decisões nos últimos tempos.

Fim da aula. Um toque agudo e longo. Michelle me acorda. Intervalo. Uma manada de jovens desce as escadas até o pátio. Amanda ainda me olhava de uma maneira estranha, muito mais profunda do que aquele esbarrão em frente a mesa do Adalba. Porra, não foi um sonho! Ela realmente estava inquieta, caminhando afastada dos colegas, como se precisasse da minha ajuda para resolver algum problema.

Rafa sempre nos esperava na escada, mas, nesse dia, nos encontrou diretamente na fila da cantina. Ele também estava diferente. O colégio inteiro estava diferente. Claro, era dia da entrega da última nota, a do Adalba. Rafa tirou zero, o que significava que ele teria mais uma recuperação final, ou seja, a quarta. Para que um aluno não repetisse diretamente de ano, o número limite permitido pelo colégio era de três recuperações finais. Para quem precisava se livrar de três, era impensável adquirir outra. Não tinha mais jeito, Rafa só não repetiria o último ano por um milagre de Deus — ou de seu pai. No fundo, ele não estava tão preocupado em não repetir de ano, mas em como contar para o pai que muito provavelmente repetiria de ano.

Apesar de ausente, o pai de Rafa era exigente com assuntos do colégio. Como um autêntico homem de negócios, ele não gostava de perder dinheiro e administrava todos os aspectos da vida, dentro e fora da empresa, com metas, prazos e retorno, o tempo todo; e Rafa era como se fosse uma empresa, um CNPJ, e, nesse caso, prestes a falir por não dar retorno algum para seu maior credor.

Num momento de tristeza enrustida, depois de nos contar que repetiria de ano, Rafa deu uma baita mordida num croissant de chocolate, o que sempre o fazia respirar mais aliviado. Mas por pouco tempo, logo ele precisaria de outro doce. Por isso, ele comia o tempo todo, até mesmo sem fome. Comia como mecanismo de defesa, comia como recompensa, como terapia. Comer era o cigarro de Rafa. E, ironicamente, era o único de nós que tinha conta ilimitada na cantina do colégio.

— Na moral, sei que eu sempre falo isso, mas hoje tá especial. Prova um pedaço, sério! — disse Rafa.

Agradecemos repetidas vezes e recusamos, mas, como todo assunto falado no último ano do colégio desembocava em Porto Seguro, recusar um croissant de chocolate não seria diferente.

— Que mal tem comer um chocolate de vez em quando? — argumentou Rafa, aliviando a própria culpa.

— O problema não é o "de vez em quando", Rafa — disse Michelle.

— Vocês precisam aceitar o corpo de vocês de uma vez por todas — comentei.

— Eu aceito meu corpo, só não quero comer uma bomba de açúcar a essa hora da manhã, oras.

— Não é uma bomba, não vai explodir. É só um croissant fofinho, que não faz mal a ninguém.

— Não tem nenhum problema em comer de vez em quando, o problema é que você só come porcaria, todos os dias.

— Vão pro inferno, vocês são muito controladores, parecem meus pais. Que saco!

O olho de Rafa se encheu de lágrima. Então, num ataque de raiva, jogou o croissant no lixo, com muita força. Estava realmente irritado. Nos fechamos em nossos celulares e permanecemos em silêncio. Porra, não éramos terapeutas, falávamos o que nos vinha na mente, o que pensávamos ser o certo. Não queríamos, mas machucamos Rafa. Aquele assunto o deixava chateado, mais que qualquer outro. A mãe o levou a muitos nutricionistas, que sempre diziam que o garoto poderia ter um diabetes a qualquer momento se não controlasse a compulsão alimentar. Ele até tentava evitar, mas comia açúcar o dia inteiro. Certa vez, a psiquiatra receitou Ritalina para o Rafa para ele focar nos estudos e deixar os doces de lado, mas o garoto ficou mais pilhado que o normal e adivinhe no que ele descontou a ansiedade? Nos doces. Rafa era do tipo que comia até fazer mal, e não levantava a bunda da cadeira pra nada. Ninguém sabia como lidar com o problema, nem mesmo os professores com seus anos e anos de pedagogia.

O professor de Educação Física era o pior. Era desolador vê-lo obrigar um gordinho sedentário como o Rafa a fazer movimentos constrangedores de alta intensidade, como se fosse um atleta do time. Por isso, Rafa odiava exercícios. Tomava bronca do professor por se preocupar mais com a camiseta, que subia e mostrava a barriga, do que com o treino. Que falta de sensibilidade. Este é o mesmo professor que tinha uma enorme fixação pelo talento futebolístico de Fábio, que o elogiava cada vez que respirava: um sentimento um tanto quanto doentio para alguém naquela posição. Ele também era quem ajudava o Fábio no conselho de classe, no fim de ano, fazendo com que o aluno mantivesse a bolsa de estudo mesmo burlando todas as regas dos bolsistas.

Nos passeios escolares para o parque aquático, Rafa sempre inventava uma desculpa de última hora para não ir. Ele detestava ficar sem camisa diante de qualquer um. Rafa fingia não se importar de estar acima do peso e levava tudo com bom humor, mas, no fundo, apenas eu e Michelle sabíamos a vergonha que ele sentia do próprio corpo. Rafa queria ser mais saudável, mas, para poder transformar seu corpo, precisaria antes cuidar da cabeça. E os pais só terceirizavam a culpa. Quase ninguém enxergava o verdadeiro problema.

Quando o encontravam no banheiro, os garotos do time diziam que, em alguns anos, Rafa não enxergaria mais o próprio pinto. Era desolador. Rafa apenas ria e os mandava para a puta que pariu, mas tudo não passava de puro nervosismo. Pra piorar, Rafa era mais teimoso que um pug e não tinha forças para mudar. Muito triste, pois Rafa gostava de esportes, mas só lhe restou a teoria, e só os praticava no videogame.

Enquanto olhávamos a tela do celular, quietos, esperando a raiva dele passar, alguns fanáticos, que já tinham fechado o pacote da viagem de formatura, passaram por nós, berrando cânticos infantiloides de Porto Seguro, vestindo mochilas e bonés amarelos da agência de turismo, com insígnias feitas em branquinho. Alguém jogou um papel molhado em Rafa, mas não vimos de onde veio.

Michelle estava de saco cheio de tanto ouvir falar em Porto Seguro. Pelo menos eu estava. Queria que Porto Seguro nunca tivesse existido, na verdade. Ninguém percebia que, em pouco tempo, nossa vida seria repleta de expectativas frustradas, cheia de contas e mais contas pra pagar. Como podiam ficar felizes por causa de uma viagem? Não estávamos prontos para o que viria depois dela. Pelo menos nenhum de nós três estava. A viagem de formatura era o anúncio de algo muito pior que a escola. E todos só falavam em Porto, Porto todo o dia, a todo momento... Que saco! O futuro era uma pedra gigante rolando contra nós, como em *Indiana Jones*, mas ninguém falava sobre isso. Não entendíamos como podiam berrar tanto, agindo como se fosse a coisa mais importante, como se o mundo fosse acabar depois daquela viagem.

— Tô de saco cheio! — desabafou Michelle, como se ouvisse meus pensamentos.

— Que fixação! Todo mundo só sabe falar de Porto Seguro? Eles só falam nisso desde o primeiro ano! Só eu acho ultrapassada essa ideia de viagenzinha colorida, com a turma toda juntinha? É o mesmo lugar, todo ano; as mesmas pessoas, os mesmos rituais. Essa coisa de camisetinha recortada, monitor de acampamento bonitinho, com roupa justinha, tatuagem maori e barbinha feita...

— Quanto ódio nesse coraçãozinho, Michelle — disse Rafa, ainda magoado conosco. — Ultrapassada é quem ouve Blitz mesmo nascida depois dos anos dois mil. O vocalista tem idade pra ser seu avô, mano. E você esqueceu de falar a melhor parte da viagem: a mochila colorida, pichada de branquinho. Porto faz parte da cultura brasileira! Tradição é tradição, e eu não vou deixar vocês estragarem isso. Deixa o nosso *spring break* em paz. Você quer contar o que pros teus filhos? Que ficava resmungando igual a uma velha e ouvindo banda brega enquanto todo mundo se divertia?

— Brega é você, que paga duzentos reais para ir no show do Alok para ficar sendo esmagado por brutamontes e ver ele apertando uns botões. O Evandro Mesquita é um gato, nunca fez harmonização facial e ainda pega mais mulher que vocês dois juntos.

— Para de querer estragar a viagem dos outros. Será que a gente não pode ter alguns dias de paz? Viver no Brasil é uma merda, deixa a gente ser feliz por pelo menos alguns dias.

Rafa ameaçou ir embora, mas Michelle o segurou para continuarem o debate. Simplesmente me calei, preferi evitar a fadiga. Enquanto os dois faziam análises profundas sobre a viagem de formatura, algo mais importante surgia no meu campo de visão: Amanda Hoffmann. Escondi minha lancheira, a marmita de plástico, e observei-a atentamente enquanto se movia. Amanda ainda parecia preocupada, tinha certa fragilidade no olhar, rindo para os outros de um jeito diferente. Mas eu adorava aquelas tranças. Deus, como eu amava aquelas tranças. E eu sempre com olhos esbugalhados olhando para ela, com a cara de um psicopata que planeja atirar num cinema depois de tanto consumir jogos violentos.

Michelle e Rafa debateram inutilmente sobre o mesmo assunto durante quase todo o intervalo, mas meus ouvidos bloqueavam qualquer ruído quando Amanda Hoffmann passava. Nada mais importava quando ela passava.

— André! Presta atenção, caralho! Tamo falando de coisa séria aqui — gritou Rafa, com aquela voz estridente.

— Eu estava prestando atenção, Rafael, mas eu acho uma discussão babaca — respondi.

Rafa adorava argumentações, menos quando elas envolviam seus próprios dramas. Ele ignorava tudo o que viria antes e depois de Porto Seguro: vestibular, faculdade, recuperação, provas... No fundo, ele tinha medo do mundo, tanto quanto eu, mas Rafa tinha um ótimo senso de humor e era capaz de transformar qualquer assunto em comédia.

— Você tá triste porque vai acabar a escola, é isso? Relaxa, a Amanda não vai passar de primeira no vestibular, você terá o cursinho inteiro pra ficar com ela.

— Você já tentou se mostrar interessante pra alguém que nunca reparou em você?

— Foda-se a Amanda, mano. Você teve a escola inteira pra chamar atenção dela e não fez isso. Como quer parecer interessante pra ela agora?

— Não é você que acredita que o jogo só termina quando acaba? — respondi.

— Presta atenção, Dedezinho: você já passou de ano e tá gastando os últimos e preciosos dias de colégio pensando na mina mais disputada do Tom Jobim. E isso é muito burro, porque existem muitas mulheres no mundo. E você só precisa curtir esses dias, marcar presença com a galera, sem nem precisar estudar. Sem falar que depois de tantos boatos, eu não...

Apesar de não gostar de Amanda, Michelle não aturava injustiças, e olhou para o Rafa, o recriminando:

— Não seja babaca, Rafael. Olha a merda que você tá falando.

— Qual história você vai contar dessa vez? A do boquete debaixo da arquibancada? Do aborto? Se liga, Rafael. O que muda? Porra nenhuma! Ela não é a Madre Teresa, é a mina mais foda do colégio — eu disse.

— Fico chocada como as pessoas inventam tanta merda sobre ela — comentou Michelle. — Até as próprias amigas fazem fofocas. Uma vez ouvi elas conversando no banheiro feminino, dizendo que a Amanda quebrou a própria costela só pra ter a cintura mais fina. Quando Amanda entrou, mudaram de assunto. Uma semana depois, um mentiroso espalhou o boato, depois que Amanda se recusou a ficar com ele numa festa.

— Gente, a da costela eu não sei, mas, me desculpem, a história do boquete é verdade. Tem até vídeo, é a voz dela, a roupa dela, o cabelo dela. Só faltou mostrar mais o rosto — insistiu Rafa.

— Cala a boca, Rafael!O vídeo pode muito bem ser fake.

— Foda-se se o vídeo é falso ou não! André, escuta: você tem só dezessete anos! Meu Deus! Você pode pegar todas as mulheres em Porto Seguro, de todos os outros colégios do Brasil, e tá preocupado com a Amanda, que nunca te deu bola? Ah, vai se...

— Eu não vou pra Porto, Rafael!

— O quê!?

Ele ainda não sabia, pensava que eu apenas estava enrolando para pagar. Se soubesse da real situação, Rafa daria um jeito de me ajudar com o dinheiro — justamente o que eu não queria. Michelle preferia sempre a verdade, então ficou aliviada; mas Rafa se desapontou ao saber que o amigo não iria para Porto com ele. Eu deveria ter contado antes.

— Como assim? Mas... você falou... — disse Rafa, decepcionado, com um nó na garganta.

— Rafa, eu disse que ia ver.

— Chega, sem melodrama — interrompeu Michelle, tentando acalmar os ânimos. — Não tem problema nenhum em não ir pra Porto. Seremos os mesmos quando você voltar, Rafa.

— Eu não serei mais o mesmo. Vocês entendem? Porto Seguro muda tudo! André, ela curte os caras do time de futebol, aceita isso e vamos pra Porto. Por mim, pela nossa amizade. Seja realista, por que ela te escolheria? Você não sabe fazer nem dez embaixadinhas, não consegue nem enxergar o gol com esse cabelo comprido.

Rafa estava certo, mas eu não desistiria, nem cortaria o cabelo. Respirei fundo, mantive a razão e ficamos em silêncio por alguns segundos. Inconformado, continuei:

— Fazemos inglês na mesma sala desde os nove anos de idade. Eu sei tudo sobre ela, em dois idiomas, inclusive. E ela só não sabe tudo sobre mim porque ainda não me conhece direito.

— Você já a xavecou, pelo menos? Nem que seja em inglês...

— Não — respondi.

— Então pronto. Ela nem sabe que você existe, muito menos que você pode ser interessante. No máximo ela deve pensar que você é... mudo. Aproveita que ainda tem vaga e paga a porra da viagem. Vai ter muita mulher, meu amigo. Eu tenho certeza que outro amor vai te curar.

Odiávamos concordar com Rafa, mas ele tinha razão. Para quem dizia estar apaixonado, eu era um baita covarde. E o amor nos desperta coragem, não medo. Mas, e se não fosse amor? Se fosse apenas uma fixação babaca de um adolescente mimado?

Odeio concordar com Rafa. Continuei observando Amanda, não me deixei abater, mesmo me sentindo muito ansioso. Foi quando, repentinamente, ela cruzou o pátio, chorando. Amanda tapou o rosto, se afastando das meninas malvadas e veio em minha direção. Rapidamente chegou até mim. Não tive tempo de pensar no que dizer. *Ela tá vindo falar comigo?*, foi tudo o que consegui pensar. Minhas pernas tremeram. Amanda passou por mim e sentou-se a menos de um metro. Era a primeira vez que a via chorando; normalmente era o contrário, os outros choravam por ela.

Não pude evitar, olhei fixamente para Amanda. Senti um certo prazer em vê-la vulnerável, precisando de ajuda. Talvez não fosse amor, pensei. Mas Deus, ela era ainda mais linda encharcada. Me restavam poucos segundos antes de Amanda entrar no banheiro feminino e se recompor. Tique-taque, tique--taque... O tempo corria contra mim. Olhei para Michelle, que imediatamente percebeu a fragilidade de Amanda, mas, como não gostava dela, ficou quieta e se fechou no celular. Talvez sentisse ciúme, amigos também sentem ciúme. Não importava, eu tinha de agir. Bastava de tanta inércia, precisava tomar as rédeas de minha vida. Se era ou não amor, então eu deveria descobrir. E fingi a coragem que eu não tinha. Parecia amor. Caminhei até Amanda, alguns passos adiante. Rafa começou a gargalhar, não acreditava no que via. Michelle me reprovava com o olhar. Caminhei com firmeza, e os ombros abertos, tentando disfarçar meu total desespero. Sentei ao lado dela, que escondeu o rosto. Quando sentiu minha perna na dela, se rendeu: apoiou em meu ombro, sem eu dizer absolutamente nada, e começou a chorar. Me senti como o Super-Homem consolando a Lois Lane. E todos me olhavam com desconfiança: o que o estranho do colégio está fazendo com a Amanda?

Não demorou muito até o silêncio tornar a situação ainda mais constrangedora, e eu já não sabia o que fazer — meu velho problema com o silêncio vinha fora de hora. Tinha que dizer algo, caso contrário, de nada adiantaria toda aquela bravura. Minha camiseta estava encharcada. Era a oportunidade perfeita, aquela pela qual eu esperava havia anos. Naquele momento, nada mais importava. Amanda Hoffmann sairia dos meus ombros como minha namorada.

— Oi — foi tudo o que consegui dizer.

— Oi — respondeu Amanda, com a voz presa na garganta, ainda em lágrimas.

— Tudo bem?

— Não dá pra ver?

— Desculpe, falei sem pensar. Claro que não tá tudo bem. Por isso eu vim, na verdade. É que... eu vi você chorando e pensei que talvez pudesse ajudar, mas tudo bem se você quiser ficar sozinha, eu nem acho que você queira conversar agora, nem ajuda pra nada. Mas é que se você fosse pro banheiro feminino eu não conseguiria falar, entende? Porque esses banheiros são femininos, então... Bom, eu tô indo...

Meu cérebro estava em curto. Um apagão rapidamente limpou aquela vergonhosa cena de minha memória. Era hora de partir. Enfim, o fracasso. Mas Amanda me segurou no banco e disse:

— Valeu, mas não tem muito o que fazer.

— Posso pelo menos tentar? Gosto das causas impossíveis.

— Estudei tanto pra essa prova. Esse Adalberto é um filho da puta.

— Eu também não vou muito com a cara dele.

— Mas você tirou nove e meio, André! Sua viagem já tá garantida.

Ela sabia que eu tirei uma das melhores notas na prova de história, bom sinal. Pensei em contar que eu não iria para Porto, mas preferi mudar de assunto.

— Não é o fim do mundo. Dizem que a prova de recuperação dele é sempre a mesma, todo ano. Dá pra conseguir uma cópia da prova com algum veterano.

— Eu não podia pegar recuperação. Meus pais vão me matar! Que ódio. E eu já paguei a viagem, eles não devolvem o dinheiro.

— Calma, mas você não repetiu, é só uma prova.

Amanda tirou o rosto do meu ombro e limpou o rímel borrado com a manga de minha camiseta. Foi quando disse o que pensei que seria uma puta ideia:

— Posso te ajudar a estudar para prova, se quiser.

— O Fábio disse que vai me ajudar, vamos dividir uma professora particular que a mãe dele contratou. Mas valeu, é legal da sua parte — respondeu Amanda.

Parei de me sentir o Super-Homem e passei a me sentir o Super-Otário. Todo mundo queria ajudar a Amanda Hoffmann, óbvio. Eu devo ter sido o quinto a oferecer ajuda. Além disso, o artilheiro do Tom Jobim prometeu algo que eu nunca poderia oferecer: convencer a diretoria a antecipar as provas de recuperação por conta do campeonato de futebol. Caso Fábio conseguisse, seria um verdadeiro herói, não só para Amanda, mas para o colégio inteiro, garantindo a viagem para todos os que ficaram de recuperação. E, agora, o Tom Jobim tinha chances reais de vencer o campeonato.

Fábio tinha pinta de herói, e todos do colégio o amavam, então era bem provável que conseguisse mudar a data da recuperação. Jogada de mestre. De idiota, não tinha nada. Idiota fui eu, que passei o colégio inteiro enterrando meus sentimentos pela Amanda. De que custava ouvir logo um não? Seria libertador. Derrotado, encontrei a melhor oportunidade e saí. Depois, voltei para o pessimismo habitual, como um cachorro chutado na porta de um bar. O sinal já tinha tocado há alguns minutos e o pátio começava a esvaziar. Alcancei Rafa e Michelle, que estavam desesperados em saber o que tinha conversado com Amanda, mas logo perceberam que, pela minha cara, não fora nada bom. Quando contei, Rafa riu, e disse apenas:

— Eu avisei.

Subimos as escadas em silêncio, cada um com seu respectivo celular. Michelle parecia feliz com a notícia, não podia esconder a maldade no olhar, talvez estivesse mesmo com ciúme. Antes de nos despedirmos, Rafa criou mais um de seus planos.

— Puta que pariu! Tive uma ideia!

4

Rafa tinha mesmo razão: sendo a vida um sopro, o melhor a se fazer era esquecer Amanda e seguir adiante. Que fase. Usei toda minha reserva de bravura para nada. Passei vergonha na frente do colégio inteiro, dos caras do time de futebol, do inspetor, dos meus melhores amigos. E tudo que ganhei foi uma camiseta ensopada e suja de rímel. Devia ter planejado uma abordagem melhor, já que sempre fui tão ruim com mulheres.

De todas as ideias que o Rafa já teve, aquela foi de longe a mais ousada. Não poderia dar certo. Não deu, é claro. O terceiro ano estava por terminar, e lá estava eu, derrotado, como um corredor que tropeça a alguns centímetros da linha de chegada. Mas, como diz meu pai: se estiver no inferno, chame o Capeta para uma valsa. Topei participar do plano mais mirabolante que o Rafael já teve, até então.

— Qual é a chance disso dar certo? Vocês piraram? — provocou Michelle.

— Eu quero tentar — respondi.

— André, eu tava zoando — disse Rafa.

— Você nunca conseguiria entrar pro time de futebol. Se liga, falta menos de um mês para as aulas terminarem. Você tinha que ter pensado nisso há três anos.

— A ideia é péssima, mas eu quero tentar — afirmei.

— Você tá zoando, né? Com você no time, aí que o Tom Jobim perderia de vez.

— Não tenho mais nada a perder. Fala com seu irmão, Rafa, ele já jogou no time, pode ajudar — supliquei.

— Eu falei sem pensar, mano! Não pira. Você não consegue nem driblar teus pais quando bebe, vai querer jogar como num time? Além do mais, meu irmão é um otário, não estou mais olhando na cara dele, você sabe.

— Rafa, me escuta, é minha última chance!

— Não vou pedir pro meu irmão, nem fodendo. Se você quiser, que fale com ele, eu te passo o número, toma...

— Tá, esquece ele. Mas e aquele amigo dele? Que estava no seu aniversário, meio bêbado? — falou Michelle.

— O Pedro?

— Isso!

— Michelle, não fode. Você nunca se empolga com as minhas ideias, vai botar pilha logo agora? Eu falei sem pensar! Esqueçam isso, esqueçam o time. Acha mesmo que os caras vão aceitar o André? Com todo respeito: olha pra você! Estamos quase na final, nenhum time te aceitaria. Vocês piraram!

— Você que deu a ideia! — disse Michelle.

— Mas eu tenho milhões de ideias, todos os dias.

— Você tem o WhatsApp dele? — perguntei.

— Tenho, o Pedrogas é meu brother... André, para! Não vou te ajudar com essa maluquice!

Olhei para ele com cara de cachorro sem dono, sabia que o Rafa não resistiria ao meu olhar triste de novela mexicana. Michelle riu. Rafa era do tipo que sempre estendia a mão para um amigo, então topou me ajudar.

— Que saco! — respondeu o gordinho mais foda do colégio.

No dia seguinte, combinamos de encontrar Pedrogas na saída do colégio. Sempre achei esse apelido engraçado. Pedro não era exatamente um drogado, mas ganhou a fama por ser o primeiro de sua turma a se interessar por maconha e fazer dela sua religião. Não conhecia muito bem o rapaz, mas sabia que Pedro jogou com o irmão de Rafa quando estudavam no Tom Jobim.

Saímos da aula e seguimos para encontrar Pedrogas, que estava parado em frente ao colégio, com cara de mau, ao lado de um carro importado. As janelas do veículo estavam todas abertas, e Pedrogas estava escutando música no último volume. Ele, nitidamente numa pose prepotente, flertava com as meninas que passavam. Não poderia ser mais ridículo, me arrependi imediatamente. Me arrependi antes mesmo que o Pedrogas pudesse dizer qualquer coisa. Mas não podíamos desmarcar. Michelle deu meia volta e tentou inventar uma desculpa para não cumprimentar o veterano. Tarde demais. Pedro reconheceu Rafa, caminhou em sua direção, tirou os óculos, e gritou:

— Puta que pariu! Quanto tempo, pirralho! Você engordou, hein?

Não poderia ter começado pior. Rafa ficou muito constrangido, mas tangenciou a situação com um sorriso de canto de boca, mandando Pedro às favas. Michelle revirou os olhos e colocou os fones de ouvido, como sempre fazia para se tornar invisível. Pedro sugeriu darmos uma volta em seu incrível carro. Em sã consciência, nunca entraria num veículo com Pedrogas, mas eu não estava bem, nada mais fazia sentido, muito menos a racionalidade estúpida que me levara até ali. Então, topei. Amanda passou por nós, trocamos um breve olhar. Me perguntava o porquê de ela me olhar tão profundamente direto nos olhos, de uma hora para outra. Eu sempre fui invisível para ela.

Pedrogas reparou em Amanda e comentou algo grosseiro sobre a bunda dela. Senti ciúme, mas calei. Que ideia estúpida a de entrar naquele carro. Constrangido, me perguntava a todo tempo o que estava fazendo com minha própria vida. Sabe aqueles dias em que nos perguntamos o sentido de absolutamente todos os movimentos de nosso corpo? Então.

Rafa foi logo aumentando o volume do som do carro, chamando atenção das garotas que passavam. Elas não pareciam muito atraídas por Pedrogas, ao contrário, esboçavam um certo deboche nos olhos. Michelle interrompeu, metendo a mão na maçaneta do carro.

— Galera, preciso ir, estou atrasada pro trabalho.

Mas, antes que pudesse colocar os pés para fora, Pedro lhe ofereceu carona, acabando com qualquer possibilidade da fuga. Rafa a pressionou para aceitar, e não precisou insistir muito, pois aquele era o tipo de sacrifício que se espera de um amigo. Michelle bufou, olhou para mim e se sentou no banco de trás. Partimos. Pedro saiu acelerando como se estivesse em uma corrida, os pneus traseiros derraparam. A fumaça do carburador cegou os alunos na calçada. Depois que consegui me mover, tratei de colocar o cinto de segurança e colar a cabeça no banco, diminuindo a possibilidade de morrer antes mesmo de conquistar Amanda. Quando o carro dobrou a esquina, ficamos presos no trânsito. Rafa aproveitou o momento, baixou o volume do som do carro e disse:

— Louca a nave, hein, Pedrogas?

— Legal, né? Era do meu pai. Esse carro já pegou mais mulher que qualquer um aqui — respondeu Pedro, rindo da própria piada.

Michelle revirou os olhos e lançou, em voz baixa, só para eu escutar:

— Que babaca.

Fiz um gesto sutil, um *take it easy*, pedindo para que ela ignorasse Pedrogas e relevasse a situação, afinal de contas, ainda precisávamos dele. Rafa, então, percebeu o silêncio e nos apresentou.

— Ah! Pedro, me esqueci: essa é a Michelle, e ele é o André, meus melhores amigos. Foi o que consegui arranjar, na época — acrescentou, rindo.

Pedro logo se interessou por Michelle, não parava de olhar para suas pernas pelo retrovisor. Eu também não gostei daquilo.

— Vocês estão em que ano mesmo? — perguntou Pedro.

— Terceiro — respondi.

— Melhor época da vida. Saudade dos meus dezessete...

— Quantos anos você tem? — quis saber Michelle.

— Vinte. Mas sou precoce.

Michelle riu. Pedrogas não entendeu muito bem, mas continuou.

— Meus pais dizem que eu amadureci muito depois que entrei na faculdade — respondeu Pedrogas.

— Você faz faculdade de quê? — indaguei.

— Turismo. Na verdade, eu tranquei o curso, descobri que a teoria não é meu forte. Tô pensando em viajar por um tempo, respirar novos ares, botar em prática o meu curso. Sei lá, ainda não decidi o que farei ano que vem.

Michelle riu de novo, não acreditava que Pedrogas pudesse ser tão, tão... pateta. Ficamos em silêncio por alguns segundos. Pedro colocou uma música horrível, pediu licença e tirou um baseado do cinzeiro do carro. Rafael estava perplexo, era a primeira vez que alguém sacava um baseado ao seu lado. Depois que Pedrogas acendeu o cigarro batizado, Rafa ficou hipnotizado e imediatamente pediu um trago, revelando que nunca tinha fumado, mas que tinha muita vontade. Pedro negou, argumentando que não seria ele a dar o primeiro beque da vida do garoto. Rafa insistiu, mas Pedro fora irredutível.

— Não! Seu irmão me mata! Se você já tivesse fumado antes, vá lá.

Eu e a Michelle já experimentamos maconha antes, com uma prima minha metida a hippie, a Rebeca, que estudava biologia e sabia tudo sobre todas as drogas. Mas, mesmo assim, permanecemos em silêncio, só queríamos pisar em terra firme novamente. Rafa lamentou por ser o único daquele carro que nunca fumou um baseado antes, e foi logo segredando parte de nossa experiência pregressa com a prima Rebeca. Pedrogas então nos reconheceu como amigos, pensou que éramos maconheiros como ele e nos ofereceu um pouco; disse que aquela era especial, diferente da de minha prima Rebeca, que não nos causava nada além de muito sono. Pedrogas garantiu que, na primeira vez, é normal não dar barato, mas que com aquela erva com certeza ficaríamos chapados. Eu não queria ficar chapado, só queria sobreviver; Michelle também não, mas ainda precisávamos arrancar algumas dicas sobre o time de futebol do colégio e vazar.

O baseado de Pedrogas parecia um charuto cubano, embrulhado em um papel marrom, defumando o carro inteiro, uma fumaça densa e branca. Aquilo parecia não terminar nunca, parecia uma vela de sete dias. Não demorou muito até eu sentir que estava sufocando. E tossi, tossi muito; depois, me senti disperso e paranoico. Algo acontecia comigo. Meu coração estava acelerado e eu quase não sentia as superfícies do revestimento do carro que a ponta dos meus dedos tocava. Eu estava anestesiado. *Bateu?*, pensei. *Sim, bateu*. Pela primeira vez. Mas, espera, eu juro que não tinha fumado.

Michelle estava contida, possuída pelo fone de ouvido, completamente desconectada de nossa conversa. Ela também estava chapada, mas tinha mais autocontrole que qualquer um ali. Michelle logo aproveitou para canalizar a vibe para as canções de seu iPod. Mas eu estava disperso, paranoico. Pensamentos ruins me invadiram. Não sabia ainda o que estava acontecendo comigo, só depois entendi: estava chapado, de tabela. Fui o tal do fumante passivo que os médicos sempre falam. Quando percebi que tinha fumado, mesmo sem fumar, me desesperei. Tentei me acalmar e dominar a paranoia. Lembrei das técnicas budistas de um personagem iogue de um filme, ele dizia: *Inspira e expira, inspira e expira...* Respirei fundo, fechei os olhos, desejei que aquela ansiedade passasse. Mas, puta que pariu, tudo o que eu respirava era fumaça, carbono canábico que estava saindo do carburador. Nisso, meus sentidos ficaram superaflorados e pude ouvir a música que tocava nos fones de Michelle, que observava os transeuntes passando a cem por hora, com o rosto colado na janela do carro, completamente chapada. Durante minha viagem maluca, lembrei do motivo que nos trouxera até ali. Não havia motivo algum para pânico. Interrompi a *bad vibe* e mandei o medo pastar. Uma voz grave e lenta me tranquilizou, dizendo para aproveitar o momento, porque aquilo logo passaria. Em questão de segundos, fiquei muito feliz, cheio de endorfina no corpo. Estava completamente bipolar, sem saber muito bem o que sentir. Lembrei outra vez do porquê estávamos naquele carro. *A Amanda, André; o futebol, André...*, me dizia a voz na minha cabeça. Enchi o peito de ar, ajeitei a coluna e fui direto ao ponto, retomando o controle:

— O Rafa me disse que você jogou no Tom Jobim, Pedro.

— Joguei uma época — respondeu Pedrogas, tossindo fortemente.

— E como conseguiu entrar pro time? — continuei.

— Foi no último ano. Eu tentava fazer média com o professor de matemática. Ele adorava futebol e não perdia nenhum jogo do campeonato estudantil. Como eu precisava de nota, conversei com o irmão do Rafa, que era um dos meus melhores amigos e o capitão do time na época, e ele ajudou a convencer o resto da equipe... Foi assim, pura politicagem. Na semana seguinte, estava no time.

— Mas você sabia jogar futebol, pelo menos, né? — perguntou Rafa. Uma indireta, bem direta, no meu queixo.

— Vocês precisam de nota em matemática, é isso? Não estou entendendo... Não sei se o Elias ainda dá aula lá, mas...

— Eu preciso de nota em quase todas as matérias, não é por isso não, relaxa — falou Rafa.

— Mas o quê? Deu certo com o Elias? — questionei.

— É o que eu estava dizendo. Eu passei de ano. Mas não foi por causa do time; o Elias me deixou de recuperação do mesmo jeito, e eu tive que estudar como qualquer aluno fora do time. A diferença é que eu vivia exausto, de tanto treinar.

— Comeu alguém pelo menos? — perguntou Rafa.

— Vocês só pensam nisso? — reclamou Michelle, rompendo o silêncio de seu iPod.

— Você não estava de fone? — rebati.

— Intuição feminina.

— Não começa, Michelle! Sem feminismo agora — respondeu Rafa.

Michelle mostrou o dedo do meio para Rafa e colocou os fones novamente.

— Ah, é aquela coisa: futebol, Porto Seguro, festinha... — confirmou Pedro.

— Foi muito difícil marcar gol no campeonato, Pedro? — perguntei, mudando o foco da conversa.

— Eu era goleiro.

Rafa riu. Não entendemos o motivo.

— Puta que pariu! E goleiro come alguém? — Rafa quis saber.

— Por isso você ainda é virgem, Rafael... — disse Michelle.

Pedro logo a interrompeu.

— O importante é andar com a galera do time. Ninguém liga pra isso. Você precisa se destacar de alguma forma, não importa como. É assim pra tudo na vida.

— Uau — continuou Michelle. — Que inspirador, Pedrogas.

— Vocês vão pra Porto, né? Lá é um bom lugar para se aproximarem dos caras do time.

— Não vejo a hora — Michelle ironizou.

— Ela tá me zoando? Não sei porque, mas parece que ela tá me zoando — comentou Pedrogas.

— Fala mais, Pedrogas. Eu tô interessado, esquece ela. Quem sabe o André não muda de ideia? — disse Rafa.

— Foco, Rafael, a gente não veio falar de Porto Seguro, isso aí tem no YouTube — respondi.

— Sabia que eu já pensei em montar um canal para falar sobre Porto Seguro? Sei lá, nunca vi nenhum. Talvez eu aproveite o ano sabático pra virar monitor de alguma agência, gravar uns conteúdos pra galera que tá em ano de formatura, tipo vocês... não deve ser ruim viajar com as meninas do terceiro ano pra Porto, com tudo pago pela empresa, fala aí — falou Pedrogas, cutucando o Rafa.

— Você vai se dar superbem, não tenho dúvida. Deve ser incrível ter dezessete anos para o resto da vida — alfinetou Michelle, com a acidez de sempre.

— Fale o que quiser. Esse teu discurso parece recalque de quem não vai pra Porto. Uma pena. Você sentiria saudade daquela roupa amarela, das trancinhas no cabelo, da sobrancelha raspada, das tatuagens de rena... Poderia ficar horas falando sobre os bastidores de Porto, mas, como temos uma dama ofendidinha no carro...

— Ah, corta essa! Ofendidinha é a...

— Ei, calma! Que mina estressada. Ela é sempre assim? — perguntou Pedro.

Nesse momento, paramos em um semáforo e ficamos em silêncio. Torta de climão. Pedro reacendeu o beque e aumentou o som. Meu corpo ainda estava anestesiado, mas sob controle de meu cérebro. Uma viatura da polícia surgia pelo retrovisor. O baseado estava ainda na metade e o carro parecia uma chaleira, cheia de fumaça saindo pelas frestas. Desesperado, avisei Pedrogas sobre os boinas pretas. Fechamos os vidros, rapidamente, mas Pedro continuou com o baseado aceso, abaixo da linha do vidro, esperando o semáforo abrir.

— Joga isso fora, apaga essa merda! Seremos presos, seu idiota — disse Michelle.

— Relaxa, moça. É só uma planta. Não seja apavorada, não é crime fumar uma planta. Aja com naturalidade, eles não vão perceber — rebateu Pedro, enquanto a fumaça de maconha lotava o interior do carro.

— Joga fora agora! Estou mandando! — continuou Michelle.

— Eu não vou jogar, isso custa caro. E você não manda em nada nesse carro — falou Pedrogas.

Michelle colocou a mão na maçaneta e tentou sair, mas a porta estava trancada.

— Trava de criança — disse Pedrogas, rindo.

Michelle ficou furiosa, mas não podia fazer nada. O semáforo tardou, mas finalmente abriu.

Pedrogas parecia saber lidar friamente com aquele tipo de situação. Os policiais olhavam os carros com cara de mau, com a cabeça para fora da janela, como cães, prontos para matar alguns maconheiros; por sorte, não nos viram. Ao passarem pelo carro, Pedrogas ainda os cumprimentou com um sorrisinho de bom moço. Depois nos disse que *Todo civil deve saber de seus direitos e deveres*. Michelle quebrou a cara, nem todo mundo é idiota o tempo todo. Quando a polícia se foi, meu coração estava na boca e minhas pernas, bambas. Pensamentos exagerados me invadiam; me imaginei tendo que ligar para meus pais dizendo que fui preso por pegar carona com um garoto, cujo apelido remetia ao nome de um traficante do PCC, mas que era boa gente.

Pedrogas terminou seu baseado. No interior do carro não havia mais oxigênio, apenas fumaça. Se antes me sentia estranho, agora me sentia um unicórnio. Não me lembro bem o que aconteceu depois, mas me recordo da barriga doer de tantas risadas. Deixamos Michelle na lanchonete e demos mais uma volta pela cidade. Pedro não soltou nenhuma informação milagrosa que nos ensinasse futebol do dia para noite, nem ao menos uma história surpreendente sobre Porto Seguro, pelo contrário: quando Michelle saiu, Pedrogas nos confessou que não transou com ninguém na viagem e continuou virgem até pouco tempo atrás.

Depois de quase duas horas a bordo do marofa-móvel, Pedro disse que iria nos deixar em casa. Seguimos com os vidros abertos, a cabeça para fora do carro, e os cabelos ao vento, na Marginal. O rio, lá fora, não cheirava bem, mas eu me sentia infinito, como se estivesse cruzando uma avenida na Europa. Se esse fosse um país sério, o rio teria alguns peixes, e esse seria um cosplay de *As vantagens de ser invisível*.

Rafa e Pedro me deixaram alguns quarteirões antes de casa e seguiram. Caminhei a pé, aproveitei para tomar uma Coca-Cola na padaria e comprar um chiclete. Passando pela quadrinha ao lado de casa, fui surpreendido por uma bola, que escapava da pelada dos meninos do bairro. A bola veio em direção a minha perna direita, a perna boa.

— Ei, manda de volta! — pediram os garotos.

Chutei a bola de volta para eles, pena que ela rebateu com mais força do que o necessário, em movimentos disformes e amadores, caindo bem longe da quadra e apavorando os garotos, que gritavam palavrões enquanto assistiam a pelota cair no quintal do vizinho.

— Vai ser ruim assim lá longe! — gritou um garoto de aproximadamente dez anos.

Segui meu caminho, me atentei àquele sinal divino e, antes de entrar em casa, mandei uma mensagem para o Rafa, desistindo da nossa ideia estúpida. Se, no carro, Deus falou comigo, na quadra, mandou um recado. O plano era mesmo ridículo, eu mal conseguia devolver uma bola na direção certa. Entrei no elevador, me virei para o espelho e vi meus olhos mais vermelhos e esbugalhados que os de um rato branco de laboratório. Ao chegar em casa, dei de frente com meu pai. Disfarcei, caminhei para longe e fingi uma rinite me incomodando os olhos.

— Sua mãe vem almoçar com a gente — anunciou papai.

Na bancada da cozinha, avistei o panfleto de Porto Seguro. *Como ele conseguiu esse papel?*, pensei. Segui para o quarto. Meu pai fez questão de me chamar para conversar. Eu estava chapado demais para conversar, queria ouvir música, precisava experimentar aquela sensação, mas caminhei de volta para a cozinha.

— Até quando dá pra pagar a viagem, Dé? — perguntou meu pai.

— Que viagem?

— Como assim que viagem? Pra Porto Seguro. Você deixou cair esse panfleto da mochila outro dia. Eu entendi o recado.

— Recado? Não... não foi de propósito, eu ia jogar fora, esqueci no canto da... tá tudo certo, relaxa.

— A Michelle vai?

— Acho que não.

— Por quê?

— Por quê o quê?

— Por que ela não vai pra Porto?

— Ela não curte, sei lá.

— E o Rafa?

— Sei lá, pai! Acho que vai, pergunta pra ele.

— Calma, André. Só tô querendo saber!

— Relaxa, não precisa se preocupar, tá? Eu já sou bem grandinho pra entender...

— Entender o quê?

— Que a gente tá sem grana, oras.

— Sabia que você queria ir.

— Não quero, pai!

— Você devia ter me contado. A gente sempre dá um jeito, André. Vejo se sua mãe pode falar com o tio Júnior...

— Pai, o pacote custa quase dez paus!

Foi quando minha mãe entrou em casa. Meu pai sabia que ela era contra pedir dinheiro emprestado outra vez para o tio Júnior, que era rico, então tentou desconversar.

— O que custa quase dez paus? — perguntou minha mãe.

— A viagem de formatura do André.

— E ele vai?

— Não sei, ele não fala, não se comunica — disse meu pai.

— Acho que não depende só dele, certo? — respondeu mamãe.

— Gente, tá tudo bem. Eu não quero ir. Vou pro meu quarto, tá? Tô cheio de lição — falei, encerrando o assunto.

— Nossa, filho... O que você tem no olho? Está vermelho pra caramba, vê se não coça, tá?

Me pus a coçar os olhos automaticamente após mamãe dizer isso.

— Alergia, eu acho.

Segui para o quarto. Estava morrendo de fome, mas preferi almoçar depois, longe deles. Minhas roupas cheiravam como as de Bob Marley. Tomei uma ducha incrível. Deitado na cama, ouvi os mais de vinte e três minutos de *Atom Heart Mother Suite*, do Pink Floyd. Quando meus pais quase se separaram, eu ouvia esse álbum repetidas vezes, trancado no quarto. Desde então, quando meus pensamentos saem do lugar, coloco esse disco pra tocar. Mas, chapado, era diferente. Era minha primeira vez ouvindo música chapado. Me sentia como um dos Stones, agora entendia perfeitamente os astros do rock. Pensei em Marlow, pensei muito nele. Queria ser como ele. Mas não. Enquanto Marlow lutava bêbado em um navio, no Congo selvagem, lá estava eu, dentro de um apartamento de setenta metros quadrados, cercado por cimento e aço, sem a menor perspectiva de como conquistar a garota dos meus sonhos, ou de como ir para Porto Seguro com o meu melhor amigo. Só me restava aceitar o fracasso e esquecer meus desejos.

Quando o disco acabou, meu celular mostrava várias notificações. Era o grupo pré-Porto, no WhatsApp, atrapalhando qualquer tentativa de esquecer aquela merda. Deitado na cama, olhando para o teto, pensava em como esquecer alguém que nem ao menos percebia minha existência. Rafa me ligou, mas não atendi, não estava a fim. Me masturbei e caí no sono. Acordei depois de alguns minutos, bombardeado pelas mensagens de Michelle, me convidando para jantar na casa dela depois do trabalho. Michelle pediu desculpas por ter sido grossa com Pedrogas, e assumiu ter exagerado. Depois, arrematou prometendo que, se eu fosse, a avó faria aquela lasanha que eu tanto gosto. Eu precisava mesmo sair daquele quarto. Michelle contou que estava escrevendo uma música, e que daria uma palhinha para nós, depois do jantar. Larguei o telefone, mas meu cérebro continuava a maquinar. Talvez um filme me ajudasse a esquecer tudo aquilo. Depois, iria diretamente para casa de Michelle e por lá terminaria o dia, com uma lasanha dos deuses, sem tempo para os meus pais. Era o plano perfeito: chegar em casa à noite, apenas para dormir, evitando qualquer conversa sobre aquela maldita viagem de formatura. Apesar de preferir os cinemas de rua, naquele dia, não tinha tempo para me deslocar até o Belas Artes. Comprei ingresso para o cinema mais próximo, num shopping perto do colégio. Troquei de roupa e parti. Passei pela sala e avisei que não me esperassem para o jantar.

Antes do cinema, topei com uma loja de artigos esportivos. Um cartaz na vitrine me chamou atenção: "Contrata-se ajudante de estoque". Me restavam alguns minutos antes da sessão, sem contar os quinze de trailer — que eu detestava perder. Entrei na loja para saber mais. Não sei por que, mas pensei que poderia começar a pagar a viagem com algum adiantamento daquele emprego.

— Oi, posso ajudar? — perguntou a vendedora.

— Queria saber sobre a vaga de ajudante.

— Eu ia tirar esse papel agorinha. Já contratamos... Mas me deixa seus dados, sempre pinta uma vaga.

Deixei meus dados. Antes de sair, perguntei o preço da chuteira, pendurada na vitrine.

— A Pegasus? Custa 799 reais — a vendedora respondeu.

Agradeci a informação e saí. Era melhor seguir para o filme e esquecer a ideia absurda de Rafa, como eu havia planejado. Mas, no piso de cima, a caminho do cinema, havia outra loja de esportes — já disse que eu odeio shoppings? Em frente à vitrine, um vendedor colava um cartaz anunciando uma vaga para ajudante. Seria um sinal? Não, apenas uma coincidência filha da puta. Nessa época, as lojas contratavam estoquista para dar conta do aumento das vendas de fim de ano. Maldita Revolução Industrial. Me restavam alguns minutos antes do filme começar. Entrei para saber mais. Nunca procurei emprego antes, mas tentei ser o mais simpático possível. Fingi que estava procurando um presente, para depois perguntar despretensiosamente sobre a vaga. O simpático vendedor me perguntou se eu precisava de ajuda, disse que estava procurando um presente para um amigo, que adorava futebol. Caminhamos até os artigos de futebol. O rapaz me mostrou uma prateleira com luvas de goleiro em promoção. Meu celular, então, começou a tocar incessantemente. Era o Rafa. Não atendi.

— Nenhuma chuteira? — perguntei.

— Em promoção, apenas as luvas — disse o rapaz.

Em seguida, pegou uma luva e me deu. Pensei no Pedrogas, que aceitou ser goleiro para tentar passar de ano. As luvas eram bonitas, brancas, de couro. *Talvez Amanda pudesse gostar especificamente de goleiros*, pensei. Não seria eu um atacante, mas poderia chamar atenção, me aproximar dos caras do time, sei lá. Perguntei o valor ao vendedor, que foi até o caixa para conferir. Quando ele voltasse, perguntaria sobre a vaga de emprego.

Enquanto esperava, Fábio e mais alguns garotos do time de futebol do colégio entraram na loja. Fiquei mais apavorado do que quando Pedrogas fumou um baseado ao lado da viatura da polícia. Nervoso, agradeci o vendedor e sai, contornando os fundos da loja, beirando as araras de roupa. Não era nenhum crime estar ali, mas não queria que me vissem numa loja de artigos esportivos. Zanzei com a luva de goleiro entre as mãos, buscando um lugar para deixá-la e sair sem ser visto. Fábio, acompanhado do time, perguntou para o vendedor sobre luvas de goleiro e sobre a promoção do dia. O rapaz os levou até a respectiva seção. Heder, o zagueiro, perguntou sobre um modelo específico. O vendedor olhou para a prateleira e deu falta da luva, lembrou de mim; depois olhou pela loja, me procurando. Disfarcei, olhando ao redor, como se estivesse perdido. O vendedor apontou pra mim, dizendo que eu segurava a última luva daquele modelo, mas que não sabia se ia levar.

— Não é aquele cara do colégio? Como é mesmo o nome dele? — perguntou Heder.

Olhei para os rapazes e acenei, não deu pra evitar. Como se não bastasse, neste momento, Amanda Hoffmann e as amigas entraram na loja. Elas tomavam sorvete de morango numa casquinha e procuravam os caras do time.

— André? Tá fazendo o que aqui? — perguntou Amanda.

— Tô dando uma olhada só.

— Foi mó legal o que você fez naquele dia.

— Que dia? — respondi, fingindo que não me lembrava do dia em que ela me encharcou de lágrimas e rímel.

— Aquele dia, depois da prova do Voldemort. — Era como chamavam o Adalba, nosso professor de História. — Quer um pouco? — Amanda falou, me oferecendo o sorvete, com a boca vermelha de corante de morango.

— Não, obrigado.

— Eu não sabia que você jogava bola — comentou Fábio, apontando para as luvas.

Ciuminho, Fábio?, pensei.

— É... então... — comecei a falar.

Fábio olhou a luva em minhas mãos e perguntou se eu era goleiro. Numa situação como essas, o correto é concordar com tudo, evitando cair em contradição.

— Sou — respondi, extremamente convicto.

Eles se entreolharam. Logo pensei que fosse algum tipo de piada contra goleiros. Fechei a cara e defendi a categoria, esperando a continuação dos olhares, prontos para uma briga.

— Você tá zoando, né? — interferiu Amanda.

— Não. Qual o problema em ser goleiro?

— Nenhum, oras. Que time você joga?

— Corinthians — disse, sem titubear.

— Mentira! — questionou Fábio, incrédulo.

— Não é mentira! É sério!

— Eu acredito. Foi modo de dizer, relaxa. Por que você nunca falou?

— Porque vocês nunca perguntaram, ué!

— Muito foda. Daqui a pouco tá no profissional, ganhando *mó* grana. Olha lá, até o André passou na peneira daquele timeco e o Couto não — disse Fábio.

Eu não entendi absolutamente nada do que ele disse. Para que, exatamente, servia uma peneira? Era idiota, mas, juro, eu não sabia. A merda já estava no ventilador, se espalhando.

— E o que vocês estão fazendo aqui? — perguntei.

— O Couto se machucou — respondeu Fábio.

Acontece que o Couto era o goleiro, mas eu só soube disso quando perguntei, em seguida:

— Machucou o quê?

— O ombro. Coisa de goleiro né — falou Amanda, piscando para mim, supostamente, um baita goleiro.

— Que merda, tadinho — comentei.

O vendedor pediu licença para interromper a conversa, queria saber se eu tinha gostado da luva e se a levaria para casa, pois havia outros clientes interessados no produto.

— Só tava olhando mesmo, obrigado. A minha arrebentou. Depois de tantos anos, sabe como é... mas eu ainda estou decidindo qual vou comprar — disse, devolvendo a luva.

O filme tinha começado fazia quase vinte minutos, eu estava perdendo a sessão. Mas dane-se. A chance de conquistar Amanda Hoffmann surgiu na minha frente como o reforço da cavalaria no final de uma batalha medieval, *que se exploda o filme*, pensei.

— Tive uma ideia: e se o André substituísse o Couto, enquanto ele não volta? — sugeriu Amanda.

Rafa não parava de me ligar. Recusei as ligações e desliguei o celular. Enquanto isso, o time discutia a ideia de Amanda. A maioria concordou. Fábio ficou pensativo, o único reticente.

— Não sei, galera. A gente nem sabe se ele joga bem. Com todo respeito, André.

Amanda o questionou.

— O cara joga num time profissional! Vocês estão pensando o quê?

— A gente tinha outra ideia, só isso — respondeu Fábio.

— Aquela sua ideia, Fábio?

— Qual ideia? — perguntei.

— Ele queria comprar uma luva e cada um revezaria um pouco no gol — Amanda entregou. — E se o Couto não voltasse? Vocês jogariam com um a menos, não?

— Exatamente. Foi o que todo mundo disse, mas o Fábio acha que sabe de tudo só porque usa uma faixa de capitão no braço — falou Amanda.

— Amanda, o que você entende de futebol? — Fábio rebateu.

— Tanto quanto você! Vai se foder, Fábio! — respondeu a mulher mais incrível do Tom Jobim.

— Calma, gente. Provavelmente a comissão do campeonato não aceitaria — falei de supetão, colocando delicadamente a mão no braço de Amanda.

Fábio se irritou e deu um chilique que eu jamais esperaria. Bateu o pé e as mãos como um filho mimado.

— Eu sei, estou tentando pensar em algo, tá!?

Os amigos pareciam mais acostumados aos pitis dele, mas eu achei aquilo muito estranho, meio indefeso, não combinava com a pinta de herói viril que ele projetava. Os olhos dele encheram de raiva, então Fábio deu as mãos para Amanda, como se precisasse dela para se acalmar. Depois, começaram a discutir, sussurrando alguns metros afastados. O time também conversava, ao mesmo tempo, decidindo qual ideia era a melhor. A discussão logo tomou conta da loja, estávamos causando. Me retirei e, com toda a honra, os deixei pensando sobre o assunto, sem demonstrar fragilidade. Um bom jogador sabe a hora de sair de campo, Rafa sempre dizia.

— Bom, galera... boa sorte. Vou nessa que hoje ainda tenho treino — disse, dando as costas para a patota de Fábio.

Caminhei alguns passos, até que eles pararam de discutir. Silêncio. E Fábio me chamou.

— André, você toparia substituir o Couto nos treinos? Só até encontrarmos alguém para jogar a final.

Respirei fundo e mantive a calma. Falei que precisava pensar, mas depois topei. Não, eu não estava sonhando. Antes de sairmos da loja, Amanda pagou a luva e me deu de presente. Depois me convidaram para comer um açaí e brindar a nova contratação do time. Foi a primeira vez que sentei numa mesa com os caras do futebol.

No final, quando nos despedimos, Amanda me deu um beijo no rosto e disse:

— André, se você quiser, pode ficar no mesmo quarto que a gente, em Porto.

Não, eu não estava sonhando. Se minha vida fosse um filme, esse seria o *plot twist*, a parte em que o perdedor não teme mais a garota mais gostosa do colégio.

Já era noite quando voltei pra casa, meus pais já estavam no quarto. Caminhei sorrateiramente até a cozinha, peguei algo para comer e fui para a minha cama. Coloquei o celular, que está com a maldita bateria viciada, para carregar. Depois da carga inicial, inúmeras notificações do Rafa surgiram na tela. Simplesmente ignorei tudo, me joguei na cama e olhei para o teto. Em vez de cimento e tinta havia estrelas. Dormi de tênis e tudo. Sonhei com Amanda; sonhei com Michelle, decepcionada comigo.

No dia seguinte, quando peguei o celular, fui checar as notificações e percebi que não eram apenas do Rafa. Ele tinha algo importante para dizer, mas que eu já sabia. Michelle só queria confirmar se nosso encontro estava de pé.

— Eu sei — disse, quando encontrei o Rafa, no dia seguinte.

— Como você sabe? — perguntou ele.

Daí contei sobre as memoráveis horas que passei ao lado de Amanda Hoffman, no shopping, e o milagre que sucedeu.

Era a primeira ideia dele a dar certo, então havia uma real chance de ele ser um verdadeiro astro em Porto. Rafa estava orgulhoso. Eu estava apenas desesperado com a mentira que inventei, que aumentava mais a cada segundo, parecendo uma bola de neve monstruosa rolando atrás de mim. Meu tempo era curto, eu tinha que aprender tudo sobre futebol. Mas não sabia por onde começar, não sabia nem ao menos se deveria começar. Rafa me encorajou, dizendo que me ajudaria a treinar para não passar vergonha. Decidimos que ele seria meu coach pelos próximos dias. Eu não precisava ganhar o campeonato, apenas fingir que sou um goleiro de verdade.

— Amanhã à tarde, na quadrinha em frente à sua casa — falou Rafa, antes de seguirmos para a classe.

Rafa era fanático por futebol, entendia toda a teoria, mas, assim como eu, era um desastre com a bola. Quando entrei na sala, lembrei que tinha esquecido a lasanha na casa da Michelle. Ela deve ter ficado muito chateada, principalmente porque nem ao menos respondi a suas mensagens. Maldito celular. Talvez Michelle nem olhasse para mim quando me visse. A vida tem essa mania de mudar sem avisar ninguém. Perto dela, a ficção não tem a menor chance. E a minha vida nem de longe era uma história tão legal quanto a de Marlow, mas começava a ficar bem mais emocionante. Não havia mesmo do que reclamar: eu tava vivo, *bem vivo*.

5

— Filho, tá chovendo, acorda.

Em dias de chuva, eu levantava cedo pra caralho. As luzes dos postes ainda estavam acesas quando saímos de casa. Em dias de chuva, se eu quisesse chegar seco no colégio, tinha que aproveitar a carona de minha mãe e acordar antes mesmo do Globo Rural começar. Incrível como ela nunca atrasava, e acordava sempre linda, cheirosa e maquiada. E tudo isso sem se dar ao luxo de permanecer aqueles minutinhos a mais na cama. *Se não puder chegar na hora, chegue antes*, dizia minha mãe, sempre que eu me atrasava.

— Filho, só vou falar mais uma vez: tá chovendo, acorda.

Foi aquele um dia de chuva, muita chuva. Acordei voando, dessa vez não poderia me atrasar, odiava ter de disputar o lugar coberto do ponto de ônibus. Joguei uma água gelada no rosto, engoli um pão com qualquer coisa e fui para a escola, agarrado a uma garrafa térmica cheia de café que minha mãe fazia todos os dias, para tomar durante o caminho. Mamãe sempre falava para eu não abusar do café, como ela; dizia que a bebida acabava com os dentes, e costumava fazer mal para crian... espera. Ela sabia que eu não era mais criança, mas sempre repetia isso. Não sei se mamãe ainda me enxerga como criança.

Confesso que adorava andar de carro com ela nos dias de chuva, no banco do passageiro, enquanto aquecíamos nosso nariz com a fumaça quente do café e as mãos na garrafa. No carro velho, lutávamos para desembaçar o vidro durante o trajeto. Nos países de clima tropical, o inverno com chuva só serve para isso.

Eu adorava o Sol nascendo entre os prédios; as primeiras luzes, os primeiros carros, os portões sujos de graxa das padarias, uma cidade inteira se esquivando das gotas de chuva, se preparando para mais um dia de batalha, porque viver por aqui é como viver dentro uma eterna batalha. São Paulo é uma merda, mas, quando chove, é bonita e, confesso, me comove. Sim, eu era mais sentimental quando chovia. Era sob a chuva que eu via esperança na raça humana, era quando morar em São Paulo[9] parecia significar alguma coisa, mesmo sem saber o quê. Cresci observando, do banco do passageiro, o ritual circadiano dessa cidade, sem nunca me questionar. Acordar cedo, marchar para o trabalho, ganhar a vida, reclamar do país impiedoso, e continuar... mesmo sem a menor esperança de algo dar certo por aqui. Enquanto as redes sociais tentavam me convencer de que felicidade é um estado de espírito a ser alcançado, me perguntava se a felicidade da-

9 Agora você pode ouvir "Lá vou eu", da Rita Lee.

quelas pessoas do lado de fora do vidro, assim como a minha, dependia de sorte. Acho que sim. Felicidade é momento e sorte. Aliás, eu já disse que só acredito em sorte? Como a que tive ao encontrar Amanda Hoffmann e o time de futebol na loja de esportes. Pura sorte, um encontro relâmpago na vida de um jovem que pensou ter encontrado o amor verdadeiro.

Para minha surpresa, no dia seguinte, Rafa me esperava na porta do colégio. Justo ele, que sempre chegava atrasado. Ele amava futebol, e só futebol o faria chegar antes de mim na escola. O combinado era nos encontrarmos antes da aula para estruturar o plano Taffarel. Rafa me entregou um livro com todas as regras oficiais do esporte, tudo o que eu poderia ou não fazer como goleiro. A mais difícil de entender era o impedimento: por que os jogadores não eram livres para correr pelo campo? Depois, me mostrou alguns vídeos que analisavam as defesas dos maiores goleiros da história, uns caras gigantes, que mais pareciam ter molas nos pés. Fiquei apavorado. Eu não tinha nem altura o suficiente para aquilo.

O tempo voou. Logo, os alunos começaram a chegar. Michelle chegou junto com o professor. A aula começaria em instantes. Rafa deveria voltar para sua sala, no andar de baixo.

— Já reparou que a Michelle tá *mó* gostosa? — comentou Rafa, antes de descer.

Sim, eu reparava que ela estava cada vez mais gostosa, mas fingi não ouvir e mudei de assunto. Não queria falar sobre isso, não com ele. Rafa desceu para sua sala e eu fiquei.

Michelle passou por mim, acenou com a cabeça, mas sentou-se afastada. Além de gostosa, naquele dia o perfume dela deixava um rastro por onde ela passava. Ou será que ela sempre usou esse perfume e só agora, que está gostosa, reparei? Espera. Puta que pariu! Esqueci o jantar na casa dela, a lasanha mais incrível do planeta. Que vacilo. É claro, por isso ela decidiu sentar longe de mim.

O lugar em que Michelle sentou era ocupado por Giovanna, uma garota insuportável que andava no grupinho de Amanda Hoffmman. Giovanna era o tipo de garota que às sete e meia da manhã já estava tão arrumada, e com tanta maquiagem, que poderia ir diretamente do colégio para o casamento da Marina Ruy Barbosa. Talvez, por isso, olhasse para os que não fossem de seu grupinho como insetos — só porque usávamos moletom cinza?

Quando Giovanna percebeu que Michelle estava em seu lugar, ficou revoltada. Se aproximou dela, que já estava quase dormindo, como sempre, e chutou os pés da carteira. Michelle despertou assustada; tirou os fones de ouvido, movendo a cabeça para cima, como quem pergunta *Qual foi?*.

A cidade estava um caos por causa da chuva, então todo mundo estava encharcado e muita gente se atrasou para a primeira aula. Os poucos alunos, na sala quase vazia, especulavam um conflito como urubus. Com certeza aquele seria o assunto do dia. Me senti culpado. Se não tivesse esquecido o jantar na casa dela, Michelle nunca sentaria longe de mim... Definitivamente aquele não seria um bom dia pra ninguém. O problema é que Michelle fez Kung Fu por mais de dez anos e sabia muito bem se defender de qualquer um que tentasse tornar seu dia ruim.

— Esqueceu onde é seu lugar? — perguntou Giovanna.

— Manual do aluno, página três: não existe essa de lugar fixo, você sabe — Michelle respondeu.

— Nós fazemos a nossa própria regra aqui, é assim desde o primeiro ano. Foda-se o manual do aluno. Eu sento aqui faz muito tempo. Então, volta pro teu lugar, antes que eu me irrite.

— Tem um monte de carteira vazia. Escolhe uma e não me enche o saco, não estou num bom dia.

Giovanna não aceitou o desaforo, então chutou a mochila de Michelle e levantou o braço para tirar minha amiga da carteira no tapa, mas foi desarmada com um contragolpe de mestre e caiu no chão. Giovanna tentou revidar, mas tomou um golpe tão certeiro na barriga que voou para trás, como em *Mortal Kombat*. Desci o tablado correndo, tentei separar, mas já era tarde. Amanda já ajudava a amiga, que lidava atônita com tudo aquilo. Enquanto eu me aproximava de Michelle, Amanda passou e me cumprimentou. Michelle percebeu Amanda e depois saiu, ainda mais brava, com um choro de raiva travado na garganta. Giovanna também queria chorar, de raiva e de humilhação. Quando percebeu, todos apontavam o dedo para ela e riam, afinal, uma das garotas mais populares do colégio estava humilhada, no chão. Foi aí que a maquiagem inteira começou a escorrer pelo rosto dela, parecendo um deslizamento de terra em dias de chuva, arrastando tudo por onde passava, até manchar a roupa. Enquanto chorava, dizia, aos soluços, que a mãe dela processaria Michelle e todos que estavam rindo, e os donos do colégio, e talvez até Deus. As duas foram para a diretoria. A diretora ameaçou cortar a bolsa de Michelle, que só então desabou a chorar e cedeu ao pedido de desculpas. A aula estava na metade quando as duas retornaram, com aquela famosa cara de... você sabe. O lugar permaneceu vago, por ordem da diretoria.

Giovanna teve que escolher um novo, longe da *high society*, e Michelle sentou-se ainda mais longe de mim, com o rosto vermelho de raiva. Foi a briga mais ridícula que já presenciei, pelo motivo mais besta. Mas confesso que foi legal ver Michelle colocando em prática os anos de Chun-Li. Eu admirava muito a força dela, a capacidade de se defender sozinha.

No fim da aula, tentei me aproximar de Michelle, mas ela não quis conversa. Seguiu apressada, me mostrando o dedo do meio; depois, entrou num táxi e foi embora. Me senti responsável por todo o desastre, mas não poderia perder tempo pensando naquilo, eu ainda tinha que aprender todas as regras do maior esporte do mundo. E, conhecendo Michelle, o melhor a se fazer era esperar passar, como uma panela de pressão que precisa esfriar a tampa antes de ser aberta. Voltei sozinho no ônibus aquele dia. A chuva tinha ido embora e o sol tímido de primavera deu as caras. Teve até um arco-íris, e todo mundo postou uma foto disso no Instagram. Em meio às frases de positividade das legendas, pensei em tudo o que aconteceu e acontecerá nesse intervalo tão breve da vida, o fim do terceiro ano. Por um lado, os alunos tinham razão: aquele era o fim de um ciclo e, como se espera, o fim da jornada precisa terminar bem. Mas tudo estava tão confuso, desmoronando em cima de nossas cabeças, que não éramos capazes de imaginar quando ou como aquilo terminaria. Minha melhor amiga estava chateada comigo — e ficaria ainda mais quando soubesse que eu não contei sobre o convite para o time do colégio. Onde eu estava com a cabeça? Ignorei todos os nossos códigos de amizade por causa de uma paixonite. Michelle era a primeira pessoa para quem eu contaria uma novidade.

Todos os jovens do último ano estavam confusos, eu sei. Assim como eu, Michelle contava as horas para sair daquele hospício. Em nossas conversas, no ônibus, fantasiávamos sobre os dias na faculdade, pensando que tudo seria diferente por estarmos longe do passado. Mas nos esquecíamos que a faculdade é um lugar ocupado pelas mesmas pessoas que um dia passaram pelo colégio, jovens que transportam seus problemas pessoais de um canto pro outro, do jardim de infância para o fundamental, depois para o ensino médio, para a faculdade, e assim por diante. Nos esquecíamos que nascemos complexados desde o primeiro dia de vida, esperando a próxima oportunidade de ser feliz, carregando nossos problemas nas costas. Vivemos pensando que seremos sempre jovens, sempre imortais. Mas a verdade é que quanto mais tempo temos pela frente, mais o desperdiçamos, por qualquer besteira. E nós, semiadultos, jogávamos nossos instantes no lixo, como guardanapos sujos por uma pequena marca de molho, mas cheio de espaços em branco no centro, prontos para serem usados até o fim; mas preferíamos pegar outro limpo a usar o mesmo, por puro egoísmo. Pensávamos que mudaríamos o mundo, mas o mundo é quem nos transformaria, e em seres terríveis: adultos cheios de traumas e problemas psicológicos que não conseguiríamos explicar durante a vida. Não sei se a felicidade existe, talvez meu avô saiba. E não sei por que me questionei tanto sobre ela durante o terceiro ano do colégio, sendo que ainda tinha toda a vida pela frente. Só sei que meu cão é o único ser verdadeiramente feliz que conheço, um ser realmente incrível, capaz de me ouvir durante horas e abanar o rabo, mesmo sem entender absolutamente nada. Para ele, cada minuto importa, e o guardanapo nunca está sujo o bastante, há sempre uma nova chance. Basta um graveto, um cafuné e um pouco de comida. Se não tiver, tudo bem também: basta estar ao lado de alguém. E nós, que pensamos conhecer verdadeiramente coisas como o amor e a felicidade, o que nos basta? Pobre do ser humano, felizes são os cães. Talvez, por viverem menos de duas décadas, ou por não se importem tanto em crescer. Só sei que eles não jogam seus momentos no lixo, como nós.

Deus, por favor, se você existe, me transforme num border collie de fazenda antes do ano acabar?

6

Foi só no dia do meu primeiro treino com o Rafa, alguns minutos antes de encontrá-lo, que percebi que me faltavam outros equipamentos além de um par de luvas de goleiro. Tentei improvisar com uma bermuda de corrida surrada, das poucas que tinha e que usava para as aulas de educação física, e um *All Star* — o calçado mais próximo que encontrei de uma chuteira. Eram quase três da tarde quando nos encontramos para tentar operar o milagre de aprender a jogar futebol em menos de um mês. Eu esperava sentado no muro da quadrinha. Por sorte, os garotos do bairro ainda não haviam chegado e a quadra estava vazia.

Rafa chegou em seu suv blindado; os seguranças ficaram do lado de fora da quadra. Como não pensei nisso? Era óbvio que ele viria com eles, Rafa não atravessava a rua sem eles. Que vergonha, que vergonha...

Os garotos do bairro chegaram quase juntos e não entenderam nada. Depois de tentarem assimilar o que acontecia, foram embora, intimidados por aqueles homens de preto — que mais pareciam uma unidade de investigação da Polícia Civil. Me perguntava o que pensavam de mim, por que o esquisito do bairro chegaria acompanhado da Polícia Civil na quadra? Morri de vergonha, rezando para que aqueles garotos não me reconhecessem.

Rafa já estava acostumado a fazer parte de um por cento da população brasileira, então andava com seus seguranças como se fossem seus melhores amigos, como se todo jovem brasileiro tivesse seus próprios seguranças. E chegou falando alto, como se fosse dono da quadra, bem espaçoso, como sempre era. Depois, jogou sua mochila no centro da quadra e tirou alguns objetos de dentro: cones, elásticos, bolas, coletes, anilhas... Não sei onde ele arranjou tudo aquilo, mas parecia muito profissional. Era só a quadrinha pública do bairro, mas quando Rafa chegou com toda sua estrutura profissional, pensei que fosse o estádio do Barcelona. Depois, ele se posicionou na lateral da quadra com uma prancheta e um apito pendurado no pescoço. Meu Deus, sinto vergonha até mesmo de escrever sobre isso. Mas preciso ser o mais sincero possível, caro leitor. E pode piorar, sim: Rafa usava um moletom esportivo com listras azuis, o cosplay perfeito de um técnico gordo, ex-jogador de futebol. Ele era ruim de bola, mas mostrou entender tudo da técnica. Claro, Rafa era fissurado por futebol, deveria mesmo entender da técnica, de tantos jogos que assistira. Estava irreconhecível, meio mandão, com pinta de técnico autoritário. E eu apenas obedecia.

Mal saímos do aquecimento e eu já estava exausto. Rafa me mostrou alguns vídeos táticos em seu iPad de última geração, me ensinando sobre coisas, tipo como escolher para qual lado pular, como espalmar uma bola, cobrança do tiro de meta... técnicas que um goleiro deve saber fazer por excelência. Não imaginava que era tão cansativo ser goleiro. Aquele pula pula, de um lado pro outro, no chão duro e malcuidado da quadrinha da praça...

No fim do treino, que mais pareceu um simulado do exército americano antes de ir pro Iraque, precisávamos de alguém para interpretar um ataque do time adversário. Rafa teve a brilhante ideia de colocar seus seguranças para jogar. E eles jogavam bem, chutavam com muita força. Eu até que tive bons reflexos, mas era um desastre na saída de bola, cada hora acertava em um lugar, menos onde deveria. Quando me dei conta, os garotinhos do bairro olhavam tudo de longe, com os pés descalços e uma bola rasgada nas mãos, e riam dos playboys.

Depois de quase duas horas de treino, Rafa apitou, sinalizando o fim da partida. Eu estava exausto, sem ar, parecia que tinha apanhado. Meu corpo todo doía e meus cotovelos estavam inchados de tanto apoiá-los no chão. Apesar de jovem, meu condicionamento físico era o de um paciente em coma. E os garotinhos continuavam lá, rindo de tudo. Pra piorar, enquanto eu recuperava o fôlego e conversava com Rafa sobre o desastre do treino, meu pai apareceu com o cachorro, do outro lado da rua. Claro que ele não entendeu absolutamente nada, mas seguiu o passeio, nos encarando, provavelmente com milhões de questionamentos a respeito de minha saúde mental. Rafa era bom em mandar, e mal transpiraria fazendo isso, se não fosse pelo sol de quase dezembro que nos torrava a cabeça. Mas ele nem se abalava, como se já tivesse nascido técnico de futebol — Rafa era realmente bom nisso. Já eu e os seguranças estávamos encharcados. Pior, um deles rasgou a calça do terno bem na parte da bunda.

Tirando o fato de eu não conseguir me mover no dia seguinte, treinar com o Rafa aquele dia até que foi divertido, os seguranças dele eram legais. Tinham de ser, afinal de contas, passavam mais tempo com Rafa do que com os próprios filhos. Apesar da cara de bravo que tinham de fazer para pagar as contas, depois de alguns minutos já não botavam medo em ninguém, e serviam mais como amigos de aluguel do que como seguranças malvados; a única diferença é que dirigiam um carro blindado e carregavam armas mortais na cintura. Daquele dia em diante, passei a concordar com o Rafa: não conseguia entender a eficiência deles em um possível sequestro, eram bonzinhos demais para aquela função. Aqueles caras não pareciam ter a experiência de Bryan Mills,[10] de *Busca implacável*, que cruza o Atlântico para salvar a filha de sequestradores poloneses. Ao menos, eles tinham aquelas orelhas de nuggets dos lutadores de Jiu-Jitsu, que já botavam medo em muita gente.

— Na próxima aula, vamos aprender a defender pênaltis — disse Rafa. — Que é o mais importante, caso você estrague tudo. Estatisticamente falando, toda final tem 75 por cento de chances de terminar em pênalti.

Aquilo me assustou. Não sabia no que estava me metendo, eu só queria chamar a atenção da Amanda, não do torneio inteiro.

— Não viaja, Rafa. Sou apenas um goleiro substituto até o Couto melhorar do ombro. Quando Amanda notar que eu

---

10 Um herói em formação.

sou o verdadeiro amor da vida dela, e não o idiota do Fábio, eu pulo fora e tudo volta ao normal.

— Eu sou um desastre com a bola, sou gordo, mas acompanho futebol desde que era um zigoto. Acredite: o Couto já era. Machucar o ombro significa meses de afastamento, talvez o fim da carreira de um goleiro. Um goleiro sem ombro é como café com leite sem leite, ou sem café, tanto faz. É como o guitarrista de uma banda quebrar o dedo do meio; não dá pra tocar, entende? Quando ele voltar a jogar futebol, estaremos formados, na faculdade. Quer dizer, você vai, talvez eu ainda esteja no terceiro ano. Não é magnífico? Você será o eterno goleiro que nos deu a vitória. Será você na final, acredite.

Nos despedimos e eu segui para casa, apavorado com a possibilidade de o Rafa estar certo. Eu precisava estudar mais sobre pênaltis, definitivamente. Então, resolvi aceitar as dicas de meu amigo e passei a assistir aos vídeos de um youtuber que dava dicas específicas para goleiros. O canal do rapaz tinha mais de dois milhões de inscritos. Não imaginava que existissem tantos aspirantes a goleiro no mundo, nem canais específicos para goleiros. Por sorte, para tudo o que você deseja aprender, não se preocupe, haverá um youtuber pronto para te salvar.

Quando cheguei em casa, depois do treino, topei com meu pai limpando as patinhas do cachorro antes de entrar em casa. Era início de mais uma noite quente de quase dezembro. Eu estava nojento e fedia muito, só queria um banho gelado.

— André, desde quando você se interessa por futebol? — perguntou ele, antes que eu pudesse cruzar o corredor do banheiro.

Tentei inventar uma desculpa que fizesse sentido, mas não tinha mais energia em meu corpo. Ignorei, e respondi:

— Depois te explico, pai.

Ele apenas abaixou a cabeça, decepcionado com minha ausência e minhas tentativas de empurrar o diálogo em família pra depois. Segui para o quarto, tomei um banho e liguei para a Michelle. Já era hora de resolver aquele mal-entendido e contar tudo o que estava prestes a acontecer. Ela atendeu dizendo que me retornava depois, provavelmente estava voltando do trabalho, no ônibus. Liguei o computador e tentei assistir mais alguns dos vídeos do famigerado youtuber. Pulei logo para a parte em que ele fala sobre pênaltis, estava apavorado.

Etapa 5 — defendendo pênaltis: as estatísticas dizem que, se você estiver em dúvida para qual lado pular, pule sempre para o mesmo, independente de quantas batidas houver. Dessa maneira, você terá ao menos dois acertos durante a cobrança e ajudará muito seu time. Claro que goleiros não resolvem a partida, vocês também precisarão de um belo batedor para continuar marcando durante as cobranças.

Não poderia ser sério. Pular sempre para o mesmo lado? Não entendia nada de futebol, mas não me parecia uma regra tão confiável assim. Fechei a tela do computador e peguei meu livro. Estava em dívida com meu verdadeiro guru, Marlow. Michelle retornou a ligação, antes que eu pudesse ler a primeira linha.

— Alô — atendi.

— Fala — disse Michelle, com a educação de um equino.

— Oi, tudo bem? Ah, eu vou bem, também, Mi. Obrigado.

— Me ligou pra contar por que você foi um babaca?

— Te liguei pra pedir desculpa.

Silêncio.

— Mi?

— Tá desculpado.

— Também liguei pra dizer o porquê fui um babaca.

— Relaxa. O erro foi meu em criar expectativas contigo, tentar te mostrar uma música que nem terminei e desperdiçar uma lasanha tão boa quanto a da minha avó.

— Para, vai.

— Tô parada.

Queria contar tudo pra ela, mas não por telefone. Foda-se. Pensei que seria melhor contar de uma vez, como arrancar Band-Aid.

— Mi, preciso te falar uma coisa.

Ela não respondeu, sabia que eu odiava o silêncio entre os diálogos.

— Tá aí? — insisti.

— Tô te ouvindo, em silêncio, como se deve. O que houve?

Minha mãe acabara de chegar. Ouvi o cachorro latir, depois seus passos pelo corredor, usando o barulhento salto alto no taco de madeira. Ela e meu pai sussurraram algo brevemente. Antes que eu pudesse começar a contar sobre como entrei para o time de futebol, minha mãe bateu na porta.

— Mi, já te ligo, minha mãe tá aqui. Entra!

Minha mãe sentou-se na beira da cama e me olhou com cara de quem queria ter uma conversa séria. Eu não tinha matado ninguém e a maconha que me deixou doido eu nem fumei, o que havia de tão sério para conversar?

— Você nunca foi como as outras crianças.

— Como assim? — perguntei.

— Você sempre foi o garoto mais inteligente da turma. Nunca gostou das coisas que as outras crianças gostavam...

Se com inteligente ela quis dizer rabugento, tudo bem, eu concordava.

— Você é igualzinho ao seu pai.

Eu achava meu pai foda, mas não como quando tinha cinco anos. Naquela altura, ser como meu pai era ser um desempregado e sem perspectiva.

— Ando preocupado com ele — desabafei.

— Quando você vai entender que é difícil passar pelo o que ele está passando? Alivia, vai. Um pouco de empatia cai bem nessas horas. Ele sempre bancou tudo aqui, nunca deixou te faltar nada. Não é fácil pra ele. E agora tem essa sua viagem, ele queria te ajudar, queria que você vivesse isso.

— É sobre isso a conversa? Porque eu não quero falar sobre Porto Seguro, mãe, de verdade, a gente pode deixar pra outra...

— Você está distante demais. Somos uma família. Entendo que talvez seja só uma fase, e que essa viagem seja importante pra você, mas você está diferente...

— Mãe, eu não faço questão de ir. Sério, tá tudo bem.

— Eu estou um pouco mais velha, mas não burra. Te conheço até virado do avesso. Eu tenho internet e vejo o que as outras mães do colégio falam nos grupos. Todas só falam disso, contam que os filhos estão malucos com essa viagem, que nem comem direito de tanta ansiedade. Mas, enquanto vocês só pensam em viajar e passar umas semanas longe dos pais, nós pensamos em todo o resto.

— Esquece isso, mãe...

— Eu sei que você quer ir com o Rafa, a mãe dele me contou que você disse estar sem dinheiro. Ela até ofereceu ajuda para pagar a viagem, não soube onde enfiar minha cara, André.

Senti vontade de chorar. Não porque queria muito ir para Porto, mas porque estava confuso, desarmado, com orgulho até as tampas. E minha mãe estava bem ali, de peito aberto, me escutando, sem julgamento. Mas segurei as lágrimas a tempo. Nenhuma gota escorreu, ficaram todas travadas nos olhos, esperando para escorrerem como uma cascata pelo meu rosto. Banquei o durão e a abracei, sem esclarecer nada. *Por que aquela viagem me incomodava tanto?*, pensava. Quando saí do abraço, quase desabando, minha mãe se levantou, pegou a camisa do Palmeiras esticada na cama e disse:

— E essa de futebol agora?

— É pra um trabalho do colégio.

— Não mente pra mim. Qual o nome dela?

Fiz cara de quem não havia entendido a pergunta. Uma lágrima escapou, eu tremia por dentro. Ela saiu balançando a cabeça e disse que o jantar estava servido. Não havia mais nada a dizer. Coisa de mãe, nascem com esse poder, um radar supersônico que transforma qualquer marmanjo num bebê chorão. E chorei muito, imediatamente quando ela saiu do quarto, chorei como um bebê. E chorar dá sono.

Merda, fiz de novo: capotei sem retornar o telefonema de Michelle. No dia seguinte, no colégio, Michelle voltou a sentar afastada, no lugar que — supostamente — pertencia a Giovanna. Era o sinal de que estava muito chateada comigo, eu já não tinha tempo para nossa amizade, e ela sabia. Não nos falamos durante todo o dia, ela nem desceu para o intervalo. Eu estava preocupado com minha amizade com Michelle, e com tantas outras coisas; estava à flor da pele, ansioso, e não sabia mais o motivo de fazer tudo que estava fazendo. Rafa dizia que mulheres eram assim mesmo, que

Michelle provavelmente estava com ciúme das minhas possíveis novas amizades.

— Você é um dos caras mais importantes do colégio agora. Ela vai te odiar por um tempo, mas depois, passa...

Durante o intervalo, os caras do time surgiram no pátio, cantando o grito de guerra. Fábio se descolou do grupo e veio até mim.

— Não esquece do treino hoje, hein! Trouxe as luvas?

Pela primeira vez, o Rafa se sentiu importante naquele colégio. Ele queria ir cantar o hino, também, mas inventei qualquer desculpa para não ter que acompanhar a procissão de fanáticos pelo time. Apesar de maluco, tudo corria conforme o plano. Mas, no fundo, eu tava arrasado com o lance da Michelle, só pensava nisso. Foda-se o hino, o Fábio, o time. Michelle sempre foi minha melhor amiga, minha pessoa preferida no mundo. Não sei se deveria, mas me senti culpado. Estava cada dia mais próximo do meu maior sonho, e cada vez mais distante de quem sempre esteve comigo. E quando voltei para a sala, lá estava Michelle, sozinha, ouvindo música triste, com os dois fones só para ela. Depois do fim da aula, tive apenas uma hora para almoçar antes de partir para o meu primeiro treino com o time do colégio. Já estava vestido a caráter, feito um palhaço. Senti vergonha de perambular pela escola vestido daquela maneira, metade *All Star*, metade esportista. Durante todos os meus anos no Tom Jobim, nunca me vesti assim. Que cena ridícula. Todos me olhavam como se eu estivesse mal da cabeça. E quem não estava?

Alguns dias antes, depois do último sinal tocar, eu estava livre, eu era o único dono de minhas tardes. Demorei para perceber, mas, pouco a pouco, minha rotina foi completamente tomada pelo que eu mais odiei durante todo o ensino médio: futebol. Eu pensava que pudesse conciliar a parte legal da minha vida com os treinos, mas logo percebi que teria de abandonar as sessões de cinema e os ensaios na casa de Michelle se quisesse ter chances com a Amanda, e com os jogos finais. Você já deve ter percebido que não sou bom em resolver problemas de caráter afetivo. Sou do tipo que evita ao máximo situações constrangedoras, como discutir a relação, por exemplo. Também não sei dizer não. Se para falar um oi com a Amanda demorei anos, pedir desculpa à minha melhor amiga não seria diferente. No fundo, me sentia envergonhado perante Michelle. Pensava em uma maneira menos pior de explicar o motivo de ter me submetido ao ridículo de aprender a jogar futebol apenas para conquistar uma garota cujos valores eram questionáveis para nós. E deveria partir de mim a reconciliação, afinal de contas, fui eu quem teve a estúpida ideia de fingir ser outra pessoa para agradar uma garota que Michelle nunca gostou. Ainda não me dava conta, mas me tornava quem sempre critiquei: um babaca egoísta do time do colégio. E Michelle era única pessoa capaz de me fazer enxergar.

— Michelle, espera!

— Que foi?

— O que tá rolando?

— Ah, André. Sério? Me deixa vai...

— Espera. Sério. Você está agindo como se não me conhecesse.

— Hm... Será que é porque não te conheço mais?

Tá. Era hora de explicar tudo de uma vez. Contei tudo o que vivi até ali. O fatídico dia na loja de esportes, tudo. Agora, Michelle sabia que eu era oficialmente um mentiroso, ou melhor, um babaca. Depois de alguns segundos, ela riu. Acho que foi de nervoso.

— Por que você sempre consegue? Puta que pariu, você nasceu com a bunda virada pra lua...

— Como assim? Não tá brava comigo?

— Sei lá. Brava não é a palavra. O que eu sinto é meio ridículo, desproporcional, talvez. Estou mais pra decepcionada mesmo. Ah, sei lá, você gastou toda sua brilhante inteligência e energia pra isso?

— Tá triste comigo?

— Não sei. Para de tentar decifrar os outros o tempo todo. Seria mais útil se você tentasse decifrar a si mesmo e se colocasse no meu lugar em vez de tentar nomear o que sinto. Ver meu melhor amigo com uma das meninas mais idiotas do colégio não é motivo de muita alegria. Mas aí é que tá: meu lado sério me diz que não posso ficar brava, nem triste... porque você tá feliz assim. Espera, você tá feliz assim, né?

Feliz não era exatamente a palavra. Confuso era uma boa palavra, e qualquer um que me conhecesse saberia. Eu estava mesmo era completamente confuso, e fugi da pergunta.

— Desculpa.

— Você pede desculpas demais para um cérebro privilegiado como o seu. Tenho certeza de que você conseguirá corrigir seus erros. Também acho que, depois disso, talvez você consiga pensar antes de agir. De que adianta fazer e se desculpar sempre? Palavrinha maldita essa... Talvez você e a Amanda tenham tudo a ver mesmo. Vamos assumir, meu bem, com o tempo você incluirá sertanejo na sua playlist... e tá tudo certo, é sobre isso!

— Para com isso, não seja irônica, vai...

— Eu sei que vocês estão amiguinhos. Já se cumprimentam com beijo, né? Parabéns, você está virando um idiota do time do colégio, igual a eles — disse Michelle, apontando para os caras do time, um pouco mais afastados de nós dois.

Ela desceu o olhar pela minha roupa. Me senti mais ridículo do que nunca.

— Olha essa roupa! Você não é assim! Que tristeza.

— Pensei que amigos apoiassem uns aos outros.

— Apoiar cegamente, sem questionar, não é função de amigo que se preze. Isso eu deixo para os puxa-sacos, você vai encontrar aos montes agora.

— O que você tem, hein? Precisa falar dessa forma? Se você tá mal-humorada, se brigou com a dona lá do restaurante, não precisa descontar em mim.

— Claro. Quando contrariado, você apela, supõe que eu sou desequilibrada, que estou estressada... O que mais? Faltou dizer que talvez seja apenas minha TPM.

— Você tem alguns minutos? Já tá indo pro restaurante? A gente pode conversar em outro lugar?

— É uma cafeteria, porra! — gritou Michelle.

Nesse momento, todos olharam para nós. Amanda e as amigas, inclusive. Os caras do time perceberam o desconforto e gritaram meu nome, me convidando para almoçar. Eu tinha mesmo que ir, faltava pouco tempo para o treino e estava de barriga vazia, mas não queria sair sem antes resolver as coisas com a Michelle.

— Não quero ficar assim com você — falei.

— Relaxa, você já não está assim comigo há muito tempo, tá assim é com você mesmo. Vai lá, vai.

Michelle apoiou a mão no meu ombro e depois saiu em direção ao ponto de ônibus, o percurso que sempre fazíamos juntos. Doeu ver ela caminhando para nossa rotina sem mim. O time me esperava na porta do colégio e eu estava numa encruzilhada: aceitar ou não o destino? Voltei para a escola e segui com o time, decidido a aceitá-lo, mas algo se debatia dentro de mim, me dizendo que fui muito canalha com minha amiga. Então, dei meia volta e corri até Michelle.

— Eu fui um cuzão, coloquei nossa amizade em risco. E não tá tudo bem, eu sei. Se você puder, me perdoa? Vou tentar fazer o certo daqui pra frente, fazer isso passar o mais rápido possível.

— Não existe o certo, André. São escolhas.

— E eu preciso abandonar as pessoas pelo caminho?

— São escolhas.

— Não fala isso.

— Às vezes, eu acho legal que você seja obstinado, às vezes acho uma merda.

— Isso é importante pra mim. Não sei o porquê, mas é. E queria que você estivesse comigo nessa, se não, não estarei em paz, não terei a menor chance.

— Está tudo bem. Mas, convenhamos, você não tem a menor chance mesmo, você não sabe nada de futebol.

— Obrigado pela motivação.

— Bom, é isso. Acho que me viro sem você para não perder o ponto. Tchau.

Sorrimos um para o outro. Michelle quase não sorria, tinha vergonha dos dentes por ter os incisivos proporcionalmente maiores que os outros, mas eu adorava que fossem um pouco maiores, puro charme. Antes de ir realmente para o ponto, Michelle continuou:

— Espero que isso acabe logo.

— Você já terminou a música?

— Tô quase. Passa lá em casa qualquer dia pra escutar. Só não marque nenhum dia e horário, pra não decepcionar ninguém, ok? Só aparece e pronto.

— Posso ir depois do treino. Pede pra sua avó fazer bolinho de chuva.

— Da última vez que ela fez algo para você, comemos lasanha por uma semana. Tô de boa de bolinho de chuva.

— Sua avó é a melhor cozinheira do planeta, deve ter sido ótimo comer a lasanha dela por tantos dias. Ruim é ter que comer a carne moída congelada da minha mãe quase todos os dias. Eu aceito os bolinhos.

— Só se você marcar um gol para mim.

— Eu sou goleiro.

— Que merda. Igual o Pedrogas? Ah, mas o Rogério Ceni marcava gol, oras.

— Não sei quem é.

— É o ex-goleiro do São Paulo! Não fala isso pra ninguém, tá? Desse jeito, será descoberto antes de chegar no treino.

— Preciso ir.

— Eu também. Tô atrasada, pra variar.

— Passo lá, depois do treino.

— Duvido.

— Preciso ir.

— Então vai.

— Vai você, ué.

— Tô indo.

— Tô indo.

Hesitamos, mas depois demos um longo abraço. Pela primeira vez, senti o corpo dela encostar no meu de uma maneira diferente. Meu corpo escaneava as curvas dela, o encaixe perfeito de nossas anatomias. Nenhum vão sobrava entre os nossos corpos. Michelle estava quente, com o coração aos pinotes. Estávamos estranhos, nervosos e quentes. E ela cheirava tão bem. Nunca prestei atenção, mas Michelle sempre usava aquele perfume, e era ótimo... Deus, como estava cheirosa. Não importa. Passaria a eternidade dentro daquele abraço, com as mãos na linha da cintura dela. Por um segundo, imaginei estar tocando Amanda. Depois, imaginei Michelle, nua. As duas imagens se interpolavam em minha cabeça; pensava em Amanda, depois em Michelle... Então, Michelle passou a mão no meu cabelo e disse:

— Vai logo, vai!

Respirei, estanquei a volúpia, dei um beijo no rosto dela e saí, levando o cheiro de Michelle grudado em meu corpo, cheiro que persistiu durante horas, não sei se na roupa ou na mente.

O time ainda estava esperando lá fora, e Amanda nos olhava sem entender absolutamente nada. Pareceu a eternidade, e poderia ter sido, mas foram apenas alguns segundos. Almocei na mesma mesa que o time. Amanda me olhava o tempo inteiro. Fábio interceptava os olhares. Tentei disfarçar, que situação esquisita. Pensava em Michelle, mas flertava com Amanda.

Quando entrei no vestiário, antes do treino, Fábio e os garotos conversavam sobre uma garota. Um celular circulava de mão em mão. Não sabia de quem se tratava, não chegou até mim.

— Não é ela nem fodendo, ela não é gostosa assim — ouvi Guilherme falando, o lateral esquerdo. Fábio respondeu afiado:

— Sua irmã que é, né?

— A irmã dele não é tão horrível assim, eu já comi — disse Helder, o outro lateral.

Todos riram. Achei tudo bem idiota, mas fingi bom humor, com um sorriso falso no canto da boca. Estava curioso para descobrir de quem era a foto. Fábio viu que eu usava um *All Star*.

— Cadê sua chuteira? — perguntou.

— Eu acabei esquecendo. Foi mal.

— Porra, André. Esquecer a chuteira é foda. Não vai jogar com esse *Vans*, né.

— É um *All Star*.

— Foda-se — Fábio respondeu.

— Não tenho chuteira. Quer que eu jogue descalço? — falei, afrontoso.

— Como assim, você não disse que esqueceu? Com o que você treina lá no Corinthians?

— Que? Ah... eles tem chuteiras lá, e a gente usa as deles; são do clube, tipo nossas, por isso eu não tenho, sabe?

— Não sei... Bom, foda-se, use a chuteira do Couto, então, ele não vai precisar mesmo.

— Imagina, não precisa. Eu trago a minha na próxima.

— Helder! Qual é o armário do Couto?

— O treze!

Fábio pediu ajuda para empurrar a porta do armário, e com apenas um cartão, conseguiu destravar o trinco e mexer nas bugigangas de Couto.

— Como você fez isso?

— Sério, André? Todo mundo sabe que esses armários não trancam nada. É só empurrar a trava e passar um cartão pelo trinco.

Fábio fuçava em todos os armários do colégio. Ninguém estava seguro, ele sabia todos os segredos dos alunos. Depois, descobri que foi ele quem coordenou o ataque de fezes, colocadas dentro do armário de Rafa, no ano passado. Foi uma história engraçada e cruel, mas fica para outra hora.

Fábio me entregou a chuteira de Couto, que estava nojenta, acabada. Não tive opção, vesti aquele calçado azedo, rezando que um fungo não atacasse meu pé. O celular de Fábio, que estava rodando, prestes a chegar em minhas mãos, tocou. Eu estava curioso, mas tocou bem na minha vez. Fábio pegou o celular de volta, era apenas uma ligação de telemarketing; depois, guardou o eletrônico no bolso e eu perdi a oportunidade de descobrir sobre quem eles tanto falavam. Fábio se afastou da galera e foi responder a mensagem no canto, sorrindo.

— Que sorriso é esse, Fábio? — gritou Guilherme. — Nem comeu a mina ainda e já tá apaixonado?

— Quem falou que eu tô apaixonado?

— Tá na tua cara.

— A gente deveria parar de falar "comeu a mina". Elas não curtem, sabia?

— Ah, pronto. Virou viado agora!? — disse Helder.

Fábio o olhou com raiva. Tentou mudar de assunto. Guilherme parecia estar preocupado com Fábio. Tinha medo de que ele estivesse realmente apaixonado às vésperas de Porto Seguro, onde, supostamente, os comedores transariam com muitas garotas. Sempre quando falavam de Porto Seguro, todos faziam questão de esbanjar a virilidade que possuíam dentro dos shorts, provando o quanto eram héteros, zoando o pênis um do outro no vestiário masculino.

— Fábio, agora não é hora de se apaixonar. Muito menos por essa mina. Você não esqueceu da história do...

— O cara nem estuda mais aqui. Se bobear, inventou essa história para se promover —respondeu Fábio, irritado.

— Por que alguém inventaria que recebeu um boquete embaixo da arquibancada do colégio? É muito específico. Para de defender a mina, você não vai namorar ela!

Só então me toquei quem era a mina em questão. Não consegui esconder minha raiva. Foi uma ideia estúpida desde o começo, eu sabia. De nada adiantaria aquela humilhação se Amanda e Fábio estivessem juntos. De onde eu tirei que ele estaria falando de outra mulher que não Amanda? Senti vontade de desistir, de fugir pro Japão, de voltar para o completo anonimato. Michelle tinha razão, o tempo todo. Sem mais nada a perder, me intrometi na conversa:

— Quem aqui não receberia um boquete na arquibancada do colégio? Alguém aqui não gosta de boquete? Qual o problema de ela ter feito um boquete? Vocês transformam a vida das pessoas num inferno com esses boatos. Puta atitude moralista. Querem que as meninas sejam safadas pra vocês, mas, quando elas topam fazer um boquete num lugar proibido, acham ruim. Só vocês podem gostar de boquete?

Todos ficaram em silêncio, me olhando fixamente. Falei demais. Eu nunca tinha transado com alguém, nem recebido um boquete, mas disse como se não fosse virgem, tentando ao máximo não parecer um esquerdomacho. Pensei que apanharia dos caras por tamanha afronta. Eles eram vários, e me olhavam estranho. Mas Fábio sorriu, me agradecendo com o olhar. Guilherme começou a gargalhar, muito debochado, e disse:

— Puta que pariu, que viadagem. Era só o que me faltava: outro esquerdomacho no time.

— O Fábio encontrou outro viado e eles estão se pegando, certeza! — completou Alexandre, o zagueiro.

Fábio empurrou o garoto, que deu de costas no armário do vestiário. Foi um empurrão forte, amargo. Depois, saiu em direção à quadra. Quando chegamos, me deparei com Amanda e algumas amigas, sentadas na arquibancada. Como se não bastasse a expectativa dos caras do time, a mulher mais linda do colégio me assistiria jogar. Provavelmente, ela entendia mais de futebol do que eu e logo descobriria meu fracasso. Apesar de muito nervoso, tentei manter a pose. Fiz algumas defesas óbvias, mas, no geral, fui péssimo. Os caras do time ficaram assustados. Os treinos na quadra do bairro, com Rafa, eram moleza perto daquele. Eu realmente estava fora de forma. Era o início de minha derrocada. Foi nesse dia que eles começaram a perceber a burrada que fizeram. No fim do treino, os rapazes conversavam com as garotas na arquibancada. Fábio se aproximou de Amanda, mas não a beijou. Achei tudo muito estranho. Por que eles não se beijavam em público se até trocavam nudes? Talvez, ele tivesse vergonha de aparecer com ela, por conta das histórias que dizem por aí; *ou talvez estivesse muito suado para beijar uma garota*, pensei. Sem falar com ninguém, parti para o vestiário. Tomei uma ducha para esfriar a cabeça. Enquanto finalizava o incrível banho gelado, desses de aquietar o espírito, o time entrou no vestiário, berrando.

— Aê, André, se tiver pau pequeno pode tomar banho em casa — gritou Guilherme.

Todos riram.

— Só se sua mãe estiver por lá — respondi.

Fui ovacionado. Todos gritaram meu nome, menos Fábio. Me senti tão babaca quanto eles. Estava me tornando um deles, falando na mesma linguagem. Pensei em Michelle. Quando o silêncio veio a tona, Fábio disse:

— Pra quem não defendeu porra nenhuma, até que você tá bem engraçadinho, né, André?

Minhas péssimas defesas o fariam me odiar com o tempo.

— Ainda estou pegando o ritmo — respondi, conforme Rafa me orientou a dizer, caso tudo desse errado.

Fechei o chuveiro e saí. Fábio me encarou. A desculpa colou, mas não colaria para sempre. Na saída do vestiário, dei de cara com Amanda Hoffmann escrevendo uma cola para a prova de recuperação de História. Ela sorriu para mim e voltou a escrever.

— Fui muito mal? — perguntei.

— Sei lá. Não prestei atenção. Mas os meninos falaram que sim.

— Prova do Adalba?

— Aham. Não consigo memorizar nada do que a professora particular ensinou. Eu e o Fábio decidimos colar. Tá foda.

— Eu sempre pensei que você fosse melhor em humanas — continuei a conversa.

— Não sei no que sou melhor, odeio todas as matérias. Ah, eu sou melhor nas aulas de teatro. Pena que não valem nota.

— Você quer ser atriz?

— Meus pais nunca aceitariam.

— Eu também odeio todos os professores. Tamo junto.

— Cala boca, André. Você é super nerd, não ficou de recuperação em nenhuma matéria.

— Foi sorte.

— Você acredita em sorte? — perguntou Amanda.

— Eu só acredito em sorte — respondi.

Senti uma enorme vontade de beijá-la, mas Fábio logo apareceu. Virei as costas e segui para o ponto de ônibus, sozinho. Senti falta de ter Michelle ao meu lado, dividindo o fone de ouvido, falando sobre coisas que eu realmente gostaria de escutar.

Era tarde quando cheguei em casa. Michelle provavelmente já tinha saído do trabalho e o ensaio já havia acabado. Não havia nenhuma mensagem dela em meu celular, nem de Rafa. Resolvi não falar nada. Adeus bolinho de chuva. Eu não estava bem, não conseguia pensar direito. Devorei um prato de macarrão e tentei assistir a um filme, mas peguei no sono antes mesmo do fim da abertura. Sou um idiota. Um estúpido! Como fui estúpido. Que custa mandar uma mensagem para as pessoas avisando de um contratempo?

No dia seguinte, quando cheguei no colégio, me deparei com Michelle sentada em nosso antigo lugar. Estranho, porque, pela lógica, ela deveria estar sentada um quilômetro de mim.

— Michelle, me desculpa, por favor. Tá foda, eu juro, o treino acabou super tarde...

— Prioridades, né? E eu já mandei você parar com as desculpas —disse, tirando as mãos das minhas.

O professor entrou na sala e pediu silêncio. Era o melhor a se fazer, silêncio.

Michelle me evitou o dia todo. Ela tinha razão, e eu era o pior amigo que alguém poderia ter. Ela seguiu para o trabalho e eu, para o treino — dessa vez, com Rafa, na quadrinha. Nos dias de folga dos treinos com o time, íamos para a boa e velha quadrinha do bairro. Eu precisava correr atrás de aprender o mínimo para ser goleiro. Em troca, ajudava Rafa com as provas de recuperação. Mesmo ele tendo a reprovação de ano decretada, queria mostrar aos professores certa dedicação. O pai não o deixaria viajar se repetisse. A tática de Rafa até que era boa: pretendia recuperar a nota em algumas matérias para provar ao conselho de que estava arrependido de seus atos, mas que poderia ser alguém virtuoso, ao menos nos últimos dias de colégio. Se tudo desse errado, ainda tinha um pai rico e influente, pronto para comprar sua saída da escola.

7

Os avós de Michelle completavam bodas de ouro naquele ano. Em uma rápida pesquisa no Google, percebi que há mais de cem tipos de bodas, de cores variadas, para todo tipo de casal. Independentemente da cor, apenas o fato de conseguirem permanecer a maior parte da vida ao lado de uma única pessoa é mesmo motivo de comemoração. Quanto tempo você suportaria acordando ao lado de um mesmo alguém? Existe provação maior que essa? Todo mundo sabe que a convivência com qualquer humano se torna insuportável depois de algum tempo.

Soube que Michelle estaria sozinha em casa por meio de Rafa, um exímio fofoqueiro. Pensei em aparecer na casa dela qualquer dia desses, de surpresa, mas Michelle odiava surpresas e chegava tarde do trabalho. Nossas agendas eram praticamente incompatíveis. E eu só queria consertar aquela confusão idiota que eu mesmo criei. Minha consciência exigia que Michelle fosse mais compreensiva, que entendesse que era só uma fase e que nossa amizade voltaria a ser como era. Talvez ela esperasse o mesmo de mim. Dane-se, eu só queria que nossa amizade voltasse a ser como antes. Tudo muda tanto, o tempo todo. E eu tinha medo, muito medo, sentia que nossa relação não duraria muito mais, depois de tantos altos e baixo, depois que já estivéssemos na faculdade, em rotinas diferentes, estudando em lugares distintos. Sei que Michelle também ressentia nosso fim. No fundo, tinha medo de que eu me tornasse o personagem-goleiro-tosco para sempre, e de que nossa amizade morresse junto com o colégio. Eu também me sentia assim, aliás, eu era apenas medo. Sentia muita falta de minha melhor amiga, dos velhos tempos, porque as coisas nunca estiveram tão estranhas entre nós. Antes disso, também discutíamos, é claro, como qualquer amigo, mas nada tão grave como nessas últimas vezes. Desde que topei substituir o Couto no gol, parecíamos um casal em crise. Que briga estúpida. Como sou estúpido. Estávamos prestes a completar alguma boda, se é que isso existe entre dois bons amigos.

Tínhamos muito mais motivos para comemorar do que discutir, mas, em vez disso, não falávamos mais um com o outro e temíamos nossas rotinas diferentes, nos odiávamos por divergir. Michelle fazia questão de sentar ao meu lado na sala, mas ficava sem dizer uma palavra sequer. E, pouco a pouco, já não me restava tempo nem para brigas, porque eu vivia cansado. Apenas desisti de mim, de Michelle, de tudo o que construímos até ali. Eu nem ao menos tinha tempo para os meus próprios pais, quase não nos víamos. Tudo o que fazia era treinar, os treinos tomaram conta da minha vida. E descobri que odiava treinar, mas, ainda assim, estava obstinado, decidido a ir até o fim. Ao menos uma vez na vida eu precisava provar que era capaz. Mas de quê, mesmo? Pra quem, mesmo? A situação com o Rafa não andava tão diferente. Mesmo o vendo com mais frequência, no fundo, sentia que quanto mais treinávamos, mais nos afastávamos. Aos poucos, estabelecemos uma relação semiprofissional entre treinador e jogador, e tudo o que restou de nossa amizade foram aqueles malditos encontros na quadrinha perto de casa. Não conversávamos sobre mais nada. Apesar disso, não tivemos atritos. Rafa não tinha muita sensibilidade para questionar as relações humanas; para ele, tudo sempre estava bem. Ele preferia simplesmente ignorar tudo, sem entrar no mérito das decisões individuais dos amigos, mesmo sentindo o cheiro de climão que pairava entre nós três. Quanto aos treinos, eles também seguiram, e aí o meu ódio por futebol só aumentou. Os dias eram todos iguais, que rotina ingrata! Sábado, domingo, feriado... Todos iguais. Uma rotina repetitiva, mecanizada, da aula pra quadra, da quadra pra casa...

Tecnicamente falando, até que eu melhorei como goleiro. Uma melhora insignificante para o que o time precisava, mas tive meus altos e baixos — mais baixos que altos. Ainda assim, nenhum esforço seria suficiente para ajudar o Tom Jobim a vencer a final, eles precisavam de um milagre, um goleiro de verdade, não de uma farsa. Se a decisão fosse nos pênaltis, estaríamos derrotados. Do gol pra frente, com exceção de Fábio, o time também não era incrível. Minha estratégia, portanto, era apenas uma: rezar para a bola não passar para trás do meio de campo. Era questão de tempo até Fábio perceber a farsa. Naquela semana, quando ninguém no colégio parecia contente com minhas escolhas, discutimos. Começou com ele esbarrando em mim, no final do treino. Um esbarrão proposital, porque havia espaço o suficiente para os dois corpos passarem pelo vão da porta.

— Tá doido? — perguntei, depois da colisão.

— Você que me diz! Se o Couto precisar operar do ombro, estamos fodidos, pelo visto.

Não estava disposto a engolir sapo, muito menos do Fábio. Eu não tinha nada mais a perder. Então o encarei, medindo força. Nos encostamos como dois lutadores de boxe no dia da pesagem, esperando quem daria o primeiro soco. Uma raiva imensa me invadiu, como se me injetassem bomba de adrenalina, a coragem de mil homens. Meus dedos tremiam, estava pronto para uma possível briga, coisa que nunca gostei. Por sorte, os caras do time viram que o clima esquentou e se aproximaram para separar. Dentes preservados; barulho; tumulto. Não sei onde estava com a cabeça.

— Não dá pra pegar o ritmo de um dia pro outro, ainda estou me acostumando com a equipe, o esquema de jogo, não é simples como você diz — disse, usando outra vez a velha dica do Rafa.

— Cala a boca, mano. De novo essa desculpa? Você não consegue cobrar um tiro de meta sem errar. Puta pé torto. Por isso o Corinthians tá na merda!

Nunca suportei ser repreendido em público, e Fábio dizia aquilo na frente do time inteiro, das garotas na arquibancada, de Amanda Hoffmann. Minha vontade era de partir para cima e quebrar todos os dentes dele. Enquanto avaliava a possibilidade de um soco na cara do aluno mais marrento da escola, Guilherme se aproximou para me acalmar:

— Calma, ele tá nervoso, o Couto é o melhor amigo dele.

Então, ele pegou meu braço e me tirou dali. Respirei fundo e segui meu caminho. Queria desistir de toda aquela merda e ligar para Michelle, contar tudo o que aconteceu, falar que ela tinha mesmo razão, que não nasci para viver aquilo. E só ela me entenderia. Era pra Michelle que eu ligava quando a água batia na bunda, quando eu precisava ouvir que errei. Era. Peguei o telefone e abri o contato dela, mas desisti. Tive medo, não achei justo. Estava à flor da pele. Descontei tudo com um belo soco na parede do vestiário, que não resolveu minha angústia e ainda acabou com a minha mão.

No dia seguinte, pela manhã, Rafa viu um anúncio do show da Blitz na televisão. Era um evento em comemoração aos quarenta anos da banda, a céu aberto, no parque do Ibirapuera, com a formação original dos caras. Não o encontrei no colégio aquele dia. Como Michelle não descia mais para o pátio, passei o intervalo sozinho, deitado num banco, ouvindo música, vendo Amanda e Fábio se aproximarem cada vez mais. Que fase, a minha. Jogar no time do colégio era o sonho de qualquer aluno, mas eu estava pior do que nunca, me sentia ainda mais sozinho, como numa ilha deserta, e ninguém se aproximava de mim. Mas eu precisava tanto falar com alguém, precisava tanto falar com ela. E Amanda e Fábio riam um para o outro, o tempo todo. Foi o pior lanche da minha vida, um sanduíche natural seco que caiu como pedra dentro do estômago emocionado, o primeiro, em anos, que me lembro de ter comido sozinho naquele banco.

Rafa chegou só no fim do intervalo. Ele sabe que Michelle é fanática pela Blitz, então correu para comprar os ingressos, ainda pela manhã, antes que esgotassem. Rafa não estava em condições de perder as aulas, mas tinha um coração gigante e fazia qualquer coisa pelos amigos.

— Consegui ingressos pra gente — disse Rafa, mostrando os três tickets.

— Não sei se eu vou — respondi.

— Como não? É a banda preferida da Michelle!

— Sim, mas ela tá puta da vida comigo. Não olha na minha cara há alguns dias.

— Relaxa. Não sabe como as mulheres são?

— Não.

— Nem eu. Mas dizem que elas são assim mesmo, num dia estão felizes, no outro zangadas. Não adianta, André, as pessoas não têm manual de instruções.

— Eu acho que ela realmente tem um motivo, eu fui um idiota.

— Mas nós não somos tão complexos assim, somos?

— Talvez nós sejamos o motivo de tudo isso.

— Foda-se, complicado demais pra mim. Você vai com a gente, né?

— Queria ir, mas não sei se vou conseguir faltar no treino.

Não era apenas uma questão de sentimentalismo de gênero, o Rafa também estava decepcionado comigo, e não era mulher.

— Bom, problema seu. Não conta pra ela, tá? Quero fazer surpresa.

— Beleza.

Rafa tirou uma foto com os ingressos pro show da Blitz e postou num grupo de WhatsApp onde Michelle estava.

— Ué, não era surpresa? — perguntei.

— Verdade. Merda. Mandei errado. Vou deletar. Porra, ela já viu — xingou Rafa.

Michelle amou a surpresa. Inúmeros *emojis* ilustravam sua felicidade. Ela não esperava que Rafa fosse capaz de surpreendê-la, e essa era a verdadeira surpresa. Enquanto eu fazia de tudo para conseguir destruir nossa amizade, Rafa acumulava o afeto de Michelle.

Depois do intervalo, de volta à sala de aula, fui surpreendido por uma agitação incomum no corredor. Os alunos estavam alvoroçados. Parecia que o Justin Bieber tinha ido visitar o colégio, mas era só o time de futebol. Fábio pediu licença à professora para passar um recado importante sobre a final do campeonato; entrou na sala e esperou todos se sentarem. Michelle estava na porta, esperando o caos passar para entrar.

— Não vai entrar? — perguntei.

— Vou. Só estou esperando a manada.

— Posso esperar com você?

— Melhor não. Talvez você deva escutar as ordens do chefe.

Ignorei o comentário azedo e entrei na sala. Fábio começara o discurso.

— É muito importante que todo mundo vá, galera. Esse é um dos jogos mais importantes da história do Tom Jobim, a presença de vocês motiva a gente na hora do jogo. Com torcida, é bem mais legal! Eu sei que o ano tá acabando e muita gente nem precisa mais...

Um aluno desinteressado interrompeu:

— Mas como o Tom Jobim se classificou se precisava ganhar de dois a zero no último jogo?

— Que merda! Tá vendo? Ninguém entende de futebol nessa escola — respondeu Heder.

— Olha a boca, Heder — repreendeu a professora.

Fábio manteve a calma e explicou:

— Desculpa, profe. Galera, seguinte: o Pindorama perdeu o último jogo, contra o Rio Branco, por isso, o saldo de gols classificou a gente. E agora estamos na final, empatados com eles. Ou seja, é nossa única chance, em anos, de quebrar a zica contra o Pindô. Bora, galera!

Michelle colocou os fones de ouvido e deitou a fuça na carteira.

— Onde será a final? — perguntou Giovanna.

— Boa pergunta, Gio! A gente joga aqui no Tom Jobim. Não tem desculpa pra não assistir.

— Vai contar falta pra quem não for? — perguntou outro aluno.

— Você sabe que sim, Matheus. Que pergunta. Estuda aqui há quanto tempo? — respondeu a professora.

— Que saco — bufou Matheus.

— Bom... Recado dado, né, Fábio? Depois vocês discutem, preciso começar minha aula e metade da turma está de recuperação.

— Beleza, professora — finalizou Fábio. — Então é isso, pessoal: chegou a hora da gente mudar a história do Tom Jobim. Conto com vocês!

— Vocês podiam tentar mudar a história do colégio nas provas também, né? Já viram a posição do colégio no ranking do INEP?

As risadas tomaram conta da classe, ninguém parecia levar o time a sério. Vanessa, a professora gente fina, nem se importava, era uma das poucas que via o copo quase sempre meio cheio.

— Bom, vamos nessa. Ainda temos outras salas pra passar. Valeu, profe — agradeceu Fábio.

Quando saíam da sala, Rodrigo, o aluno mais questionador da classe, reparou que faltava um jogador, ou melhor, faltava o goleiro; então interrompeu, antes que o time pudesse passar pela porta.

— Ué, mas cadê o Couto? Faltou?

O time ficou atônito. Entreolharam-se, tentando decidir em questão de milésimos como responderiam. Não poderiam esconder a falta dele por tanto tempo. Fábio realmente não sabia o que dizer. E num ato impulsivo, Heder explicou:

— O Couto tá fora do campeonato, não vai poder jogar. Rompeu o ligamento do ombro e vai operar semana que vem.

— É oficial? — perguntou a professora.

— Sim. O médico o proibiu — respondeu Fábio, com tristeza no olhar.

Foi aí que a sala inteira se interessou pelo assunto. Começaram os sussurros sobre quem seria o substituto. O caos tomou conta da sala. Pelo semblante de Fábio, dava para perceber o quanto ele lamentou que Heder tivesse dado com a língua nos dentes. Fábio tinha vergonha de dizer que escalou um completo desconhecido para o time; estava profundamente arrependido. Depois de alguns segundos, Rodrigo retrucou a pergunta:

— Peraí. Se ele não vai jogar o campeonato, quem será o goleiro, então? Conta aí, Fábio!

A professora tentou conter a zona, mas todos só falavam disso.

— O André está substituindo ele nos treinos, até encontrarmos alguém para jogar a final — disse Fábio, tentando estancar o assunto.

— E encontraram? — questionou Rodrigo.

— Não — disse Heder.

— E então... quem vai ser? — continuou Rodrigo.

— Ainda não sabemos, o André já joga em outro time, tem outros pra disputar.

Michelle me olhou incrédula. Todos me olharam incrédulos. Ninguém acreditava na possibilidade de que eu realmente tivesse habilidade para o esporte, quem dirá para jogar em um time grande. Já Michelle, não acreditava que eu fosse capaz de inventar uma mentira tão tosca como aquela. Eu estava fodido, pensei que seria descoberto ali mesmo.

— Pessoal, chega. Depois vocês decidem quem será o goleiro, eu preciso dar aula!

Desnorteados, todos só queriam saber quem seria o novo goleiro, ignorando completamente a aula. A sala parecia uma feira livre, um pregão da bolsa de valores. Fábio sentiu-se pressionado a decidir quem seria o goleiro e parar com aquela especulação toda. Claro que não seria eu, meu desempenho era desastroso. Mas quem seria? Ainda dava para escapar e ir ao show com Rafa e Michelle.

O time se fechou em um círculo e começaram a cochichar. A professora estava irritada, mas não era do tipo que expulsava alunos ou gritava em sala de aula. Quando ia pedir outra vez para que os garotos discutissem o assunto do lado de fora da sala, Fábio falou:

— André, topa ser o goleiro do Tom Jobim na final?

A classe ficou em polvorosa. Todos gritavam, esperando minha resposta. Em poucos segundos, me tornei o centro das atenções. Os professores das outras salas apareceram na porta da classe para ver se estava tudo bem. A professora não sabia mais o que fazer para conter a zona. Demorei para entender tudo aquilo, mas pude apenas confirmar com a cabeça, sem saber o que fazer. Michelle estava arrasada, mas, a classe, eufórica. Nem um general conteria a zona. Pessoas vinham até minha carteira e, em questão de segundos, passei do status de invisível para o astro da sala. Amanda e as amigas também vieram me parabenizar pela conquista. Giovanna me arrancou um beijo próximo da boca, olhando para Michelle, provocando-a. Agradecia as palavras, mas estava zonzo.

— Vamos sentando pessoal. Chega. Já foi...

Todos foram embora da sala, se acalmando; a professora fechou a porta e os alunos começaram a se acomodar novamente em seus respectivos lugares.

— Parabéns, André. Se você se dedicar como fez nos estudos, será um ótimo goleiro. Desejo boa sorte a você — disse a professora.

Michelle se levantou, chorando, e saiu da sala.

— Michelle... Michelle! — a professora chamou, em vão.

A notícia correu rápido. Quando a aula acabou, todos sabiam que eu era o mais novo goleiro do Tom Jobim. O sinal tocou. Encontrei Rafa no corredor, que veio correndo em minha direção e pulou no meu colo.

— Puta que pariu! Conseguimos!

— Fala baixo, Rafa.

— Caralho! Você é famoso agora.

— Parece que sim — respondi.

— Você precisa pensar no nome que vai colocar na camisa.

— Como assim?

— André é muito ruim.

— Mas é meu nome.

— Ah, vá. Sério? Mas todo jogador bom tem um nome diferente do próprio nome. Sei lá, algo no diminutivo, um apelido. Que tal Dézinho? Ou Dézera?

— Cala a boca.

— Bom, você tem tempo pra pensar antes do Barcelona te contratar. Mas vai ter que cortar esse cabelo, já aviso.

— Não viaja. Serei o goleiro com a carreira mais curta da história. Não vejo a hora desse inferno acabar. E não vou cortar o cabelo.

Michelle se aproximou e agradeceu Rafa por ter conseguido os ingressos. Fingiu que eu não existia, mal olhou pra mim. Nunca a vi daquela maneira, parecia uma caricatura dela; uma que sorria de maneira forçada, exagerando nos movimentos. Rafa e Michelle se abraçaram forte, depois saíram, sem mim. E Rafa logo esqueceu o assunto do campeonato, que ele tanto gostava. Foi a primeira vez que — assumidamente — senti ciúme deles.

— Será que ele canta pra valer ou usa playback? — brincou Rafa.

— Claro que ele canta pra valer — respondeu Michelle.

— Só espero que não chova — Rafa comentou.

— Você vai com a gente, Ney? — perguntou Michelle para mim.

— Ney?

— Modo de dizer, Ney. E aí, vai no show?

— Não posso. É o último treino da equipe, antes da final.

— Previsível — despejou Michelle, ironicamente.

— Que saco! Seja compreensível uma vez na vida! Também tá foda pra mim.

— Esse é o problema, André. Sempre foi você, o tempo todo. Nós somos apenas assistentes do seu sonho. Acontece que você inventou essa história sozinho e nem ouviu nossa opinião! Desculpa, mas é difícil ver o cara mais incrível do colégio se transformar no mais babaca, por causa de uma loira sem graça, com cérebro de ostra...

— Você não sabe absolutamente nada sobre ela! E é esse tipo de comportamento babaca que faz com que esse lugar seja uma merda. Só porque um dia você foi o alvo, não tem o direito de fazer o mesmo com os outros. Depois, não se irrite pelo que dizem de você, por aí, beleza?

— O que dizem de mim por aí?

— Você sabe.

— Não sei. Diga!

— Não seja infantil. Você sabe. Todo mundo tem um rótulo aqui. E se quer mesmo saber, eles acham que você é sapatona, te chamam até de andrógina, seja lá o que isso significa — esbravejei.

Os olhos de Michelle se encheram de água, de sal, de raiva.

— Calma, gente. É só um show. Vamos eu e você, Mi — disse Rafa, abraçando o ombro de Michelle.

— Eu tenho um objetivo. E isso meio que muda tudo, né? Eu não deixei de ser amigo de ninguém, só tô ausente por um tempo, até isso tudo terminar.

— Nós também temos objetivos, também temos sonhos, amigão. É difícil te ajudar com os treinos e ficar de recuperação de quase seis matérias ao mesmo tempo, sabia? Matei várias aulas de reforço pra ir naquela quadrinha com você. Não custava se esforçar um pouco e ir no show com a gente — falou Rafa.

— Pensei que você estivesse do meu lado.

— Não existe seu lado, existe nosso lado. E esse show é importante pra ela, porra! — completou Rafa.

Michelle o olhou com admiração. Senti ciúme, de novo, mas muito mais forte dessa vez.

— Não dá pra falar pro Fábio: "E aí, beleza? Vim só te avisar que não vou poder treinar com vocês no último dia antes da final porque vou ao show da Blitz com meus amigos". Porra! Eu já sou um desastre como goleiro.

— Foda-se o Fábio. Você nem é goleiro, oras!

— Fala baixo, porra!

— Não perde seu tempo, Rafa. Ele tá cego, e também não ouve nada — disse Michelle.

— Nem o Pedrogas foi tão babaca quando entrou pro time — Rafa comentou.

— Vamos, Rafael. Deixa ele ir treinar.

— Se vocês querem saber, eu já me arrependi de tudo isso. Mas não posso desistir agora. Não posso, entenderam?

— Tchau, André — falou Michelle.

Michelle seguiu em frente. Rafa me olhava com decepção, um olhar de doer.

— Acho essa discussão extremamente infantil! — rebati.

Então, Michelle se virou para mim, quase gritando:

— Infantil é essa tua tara de menino babaca. Olha em volta, André! Nossa amizade é maior que tudo isso.

Fiquei observando meus amigos se afastando de mim, caminhando para o outro lado do pátio.

— Você não merece, mas relaxa, eu converso com a Michelle, ela vai entender — Rafa disse, tentando me acalmar.

— Eu vou junto.

— Não, você fica. Hoje tem treino, esqueceu?

Nesse momento, o time passou cantando o grito de guerra — sim, outra vez. Heder me abraçou e me puxou para perto. Segui naquela massa de pessoas me empurrando, no meio daquele bolinho de gente. Depois, me ergueram nos ombros e começaram a comemorar, pulando e gritando meu nome. Michelle e Rafa conversavam, mais afastados:

— Por que as pessoas são assim? — perguntou Michelle.

— Porque são pessoas — respondeu Rafa.

— Que merda, queria ter nascido um cão — disse Michelle.

— Relaxa, Mi. A gente troca o ingresso dele por algumas bandanas coloridas, escritas "Evandro, eu te amo" — brincou.

Michelle riu e se apoiou no ombro de Rafa. Sentiu-se segura com ele. Depois, riu de todas as piadas dele. Na hora da saída, os dois seguiram para o carro blindado de Rafa, com os seguranças abrindo a porta para eles. E eu perdi as contas de quantas vezes senti ciúme deles naquele dia. Era eu quem deveria apoiar o queixo de Michelle enquanto ela lamentava. E Rafa era puro carisma, tinha a incrível habilidade de fazer qualquer um rir, até mesmo em velórios. Se ele estivesse em meu lugar no dia em que Amanda chorou em meu ombro, com certeza a conquistaria. Às vezes, é preciso tomar distância para perceber que a felicidade sempre esteve lá, bem ao nosso lado. Porto Seguro não era só o nome de uma praia, na Bahia. Porto Seguro pode ser alguém, ou qualquer outro lugar perto da gente. Talvez fosse tarde demais, mas Rafa e Michelle mereciam mesmo ser felizes juntos.

8

Os treinos continuaram; se tornaram mais intensos, dia após dia, até a véspera da final do campeonato. Apesar de Michelle e Rafael odiarem aquela farsa, todos ao meu redor adoravam aquele cara, aquele novo eu, o goleiro que aceitou substituir Couto às vésperas da final do campeonato.

Durante os últimos dias do colégio, habitei o topo da hierarquia social dos estudantes. Todos me convidavam para fazer parte das principais conversas, decidir os principais assuntos, rir das principais fofocas. E Amanda Hoffmann conversava comigo todos os dias, como se eu realmente importasse em sua vida. Aquele André não tinha medo da vida, das crises financeiras e muito menos de uma garota; aquele André era alguém com quem todos se importavam, pois fazia parte das principais rodinhas de conversa no intervalo. Me afastei de Rafa e Michelle, é claro, mas ganhei o colégio inteiro. Eu não era mais invisível, e levantava todos os dias de cabeça erguida, pronto para enfrentar o mundo, mesmo com uma montanha de mentira prestes a ruir em minhas costas.

Quanto mais perto da final, mais estressados os garotos do time ficavam. Claro que eu também queria vencer, mas sabia como era estar do outro lado: tirando Rafa, o resto dos alunos não se importaria muito se o Tom Jobim perdesse o campeonato, todos estavam preocupados com a viagem para Porto ou com o vestibular, não com um jogo de futebol amador, isso era coisa da cabeça de Fábio e seus partidários. Eu também não estava preocupado com muita coisa, muito menos com a viagem de formatura, eu não iria pra Porto, nem pra qualquer outro lugar; também não sabia o que fazer de minha vida, estava completamente perdido, e só me preocupava em aproveitar os últimos dias como um astro.

Os dias passavam numa velocidade estonteante. E Amanda não me achou mais ou menos interessante só porque eu comecei a jogar no time do colégio. Não nos tornamos nada além de conhecidos. Acho que se ela tivesse oportunidade de conhecer aquele bom e velho André, talvez minhas chances fossem maiores. Amanda, no fundo, cagava para o time, estava preocupada mesmo é com a prova de recuperação, que atrapalhava os planos da viagem de formatura e da apresentação da turma de teatro, em janeiro. E eu surfando em minha *egotrip*, me sentindo alguém importante no colégio por usar um par de luvas. De que isso importa? Fábio é quem ficaria com ela em Porto Seguro, todos sabiam disso.

Não demorou muito até a euforia acerca do novo goleiro passar. Em alguns dias, novos assuntos vieram, e eu me tornei um jogador qualquer, mais um babaca, uma pauta fria. As rodinhas mais importantes, no intervalo, agora não se importavam mais com aquele André. Eu estava invisível outra vez, mesmo passando boa parte do intervalo ao lado das pessoas mais populares do colégio. Rafa e Michelle, naturalmente, sem mim, se aproximavam cada dia mais, quase sempre naquele velho banco em que costumávamos passar as manhãs, reclamando de tudo e de todos, fechados em nós mesmos. Ele nunca mais comeu croissant no intervalo, e parecia muito feliz — acho que até conseguiu perder um pouco de peso. Michelle não olhava mais na minha cara, e também não dormia mais na carteira. Quanto a mim, bom, eu só rezava para não ser descoberto antes do fim do ano.

Uma semana para a final. Nos esforçávamos como cavalos de corrida. Corríamos com sangue nos olhos, mesmo exaustos. Qualquer um que entenda minimamente de futebol sabe que não se treina desta maneira antes de uma final, o risco de lesão é imenso; mas Fábio não permitia descansos, pensava que quanto mais treinássemos, melhor estaríamos — e eu obedecia às ordens dele como uma puta. Que vergonha.

Aconteceu durante os últimos minutos, do último treino, durante uma cobrança de escanteio, em meio a um empurrão na área: torci o pé. Heitor, o zagueiro, cedeu o corpo contra o meu, na linha da área e acabei por cair com o pé virado. Senti muita dor, nunca tinha acontecido comigo. Fábio ficou indignado pela possibilidade de perder outro goleiro e partiu para cima dele. Estavam à flor da pele e meio irracionais por conta da final. Fábio agia como um animal. Enquanto eu agonizava de dor, caído no chão, segurando o tornozelo, o time brigava entre si.

— De novo!? Você quer acabar com outro goleiro!? — Fábio gritou.

Meu tornozelo esquentou, mas não inchou na hora. Alguém conseguiu separar a briga.

— Eu tô bem! Relaxa — falei.

Tentei me levantar sozinho, mas não consegui; a dor era forte.

— Desculpa, André, juro que não foi de propósito — disse Heitor.

— Relaxa, acontece — respondi.

— Ajuda ele a levantar, vamos levar ele para a enfermaria — apressou Fábio.

Fábio e Heitor me ergueram como se fossem muletas humanas, e assim cruzamos pelo corredor, rumo à enfermaria. Amanda não estava na arquibancada aquele dia, ficou estudando para a prova de História. Todos estavam estudando para a prova de História. O dia estava lindo e tudo o que eu pensava era em como Rafa e Michelle se divertiriam sem mim no show da Blitz, longe daquela quadra fria e dura. Lembrei que Michelle estava sozinha em casa, que os avós ainda curtiam as bodas loucamente. Se Rafa fosse esperto, aproveitaria a oportunidade única de sua vida.

Os dois combinaram de se encontrar antes do show. Rafa a ajudou conseguindo um atestado falso para que ela pudesse faltar ao trabalho. Assim, teriam a tarde inteira livre. Enquanto isso, eu fazia compressa de gelo no pé, em casa. Acredite: pior que meu pé, neste dia, era minha cabeça, que não me deixava parar de pensar em como estariam se divertindo sem mim naquele maldito show. Rafa apostou num look ousado, com roupas antigas, uma mistura de Roberto Carlos com os hippies do *Hair*. Quando o viu, Michelle quase mijou na calça de tanto rir, mas embarcou de cara na ideia. Nós adorávamos cosplays. Ele usava calça boca de sino, colete de couro florido e um óculos com lentes lilás; ela correu para se trocar — pra variar, estavam atrasados.

— Quer tomar alguma coisa? Fica à vontade, abre a geladeira, eu vou subir pra me trocar — disse Michelle.

— Prefiro uísque — falou Rafa, em tom de brincadeira.

— Engraçadinho.

— Eu faço dezoito daqui um mês. É de boa.

— Melhor não.

— Por que não?

— Tem certeza?

— Acho que sim.

— Tá. Tem uma garrafa do meu avô, no armário.

— Ele não vai perceber?

— Ele quase não bebe. Mas não toma muito. Qualquer coisa, a gente completa a garrafa com um pouco de chá.

Rafa foi até a cozinha, se serviu de uma dose e virou. Depois, se serviu de outra, completando o que faltava na garrafa com um pouco de mate.

— Mi? — gritou Rafa.

— Tô aqui em cima!

Rafa subiu as escadas, bateu na porta e entrou no quarto de Michelle. Estava tocando "Emotional Rescue", dos Stones.

— Pode ficar aqui no quarto, só que vira pro lado, vou me trocar.

Rafa obedeceu rigorosamente. Mesmo assim, viu tudo, mas não foi sua culpa. Lá estava a oportunidade única de sua vida. Havia um móvel espelhado em frente ao seu rosto, que refletia exatamente contra o espelho do banheiro, um jogo de ótica divino, iluminado por uma luz âmbar incrível que invadia a janela e aquecia a cena. Era como se Michelle fosse sempre iluminada por algum anjo. Não por maldade, e de maneira distorcida por conta da concavidade do espelho, mas, pela chapa de vidro do móvel, Rafa conseguia observar todas as partes do corpo dela. Hipnotizado, um pouco aflorado pelo efeito do uísque, imaginava as partes que os olhos não viam. *Se pelo reflexo é assim, tão linda, imagine se eu... E se eu me virar rapidamente? Apenas alguns instantes. Talvez ela não note...* (pausa dramática) *melhor não, não posso colocar tudo a perder*, pensou Rafa.

A pele de Michelle era delicada e macia, naturalmente sem pelos. Rafael não acreditava que alguma coisa na Terra pudesse ser tão inexplicavelmente bela e macia, bem como os lindos seios dela: duros, perfeitamente redondos e jovens, com veias azuis demarcadas sob a pele, sendo empurrados pelas mãos para caberem dentro do vestido. Depois, Michelle espalhou um creme na perna, nos braços e no quadril, tocando os glúteos por sobre a calcinha de algodão, com frutas estampadas sob tecido cinza, uma calcinha um tanto quanto infantil, mas que Rafa podia sentir o cheiro a quilômetros. Era a primeira vez que ele via uma mulher que não a própria mãe, ao vivo. Estava tão acostumado a vê-las na internet, ou nas revistas pornográficas antigas que o pai colecionava, que o reflexo lhe pareceu a coisa mais real de sua vida. Ao vivo era diferente. Foi como ter visto a Vênus, de Botticelli, pela primeira vez. *Estou apaixonado*, pensou meu amigo.

Quando a música terminou, Michelle estava pronta. Decidiram levar a garrafa de uísque do avô na mochila. Em apenas alguns goles, já estavam bêbados, dançando pela sala. Dançaram muito, se divertiam demais, até esqueceram do show. Dado momento, esbarraram numa estante, derrubando alguns objetos de decoração. Rafa logo viu o porta-retratos com a foto da mãe de Michelle, posando para a câmera, em uma praia paradisíaca.

— Sua mãe era linda.

— Sim.

— Eu adoro essas fotos, vocês se parecem demais.

— Ela amava essa praia, o lugar preferido dela.

— Onde fica mesmo?

— Ilhabela. Uma praia não habitada do arquipélago.

— Dá pra ir de carro?

— Não.

— E como se chega lá?

— Demora umas quatro horas, de trilha, a pé; ou de canoa.

— Meu Deus, que irado. Você já foi?

— Nunca tive coragem.

— Te entendo. Eu também não aguentaria quatro horas numa trilha, nem aguentaria dez minutos.

— Não por isso. Não sei se estou pronta pra voltar pro último lugar que ela esteve.

— Ah, tá. Desculpa.

— Tudo bem.

— Eu acho que você deveria ir. Talvez te faça bem.

— Um dia vou. Seria bom pra sumir do mundo e desconectar um pouco, já que lá não tem sinal algum.

— Meu Deus, olha a hora. Estamos fudidos, vamos perder o show.

Eles chegaram atrasados. Rafa ficou surpreso ao ver que o parque estava lotado, não pensava que a Blitz ainda seria capaz de lotar um show, não depois de tanto tempo. E não havia somente velhos, como julgava. Gente de todas as idades se apertava para assistir ao grande Evandro Mesquita.

— Eu falei pra gente sair antes — reclamou Rafa.

— Relaxa. Vem comigo, ainda dá pra pegar um lugar legal — contornou Michelle.

— Mas aqui tá legal, é um bom lugar, dá na mesma... Estou vendo tudo.

— Qual foi o último show que você foi na sua vida?

— O do Bruno Martini, naquela balada que fui com meu primo — Rafa respondeu.

— Tô falando de show com banda ao vivo, não com botões... Vem comigo, você não sabe de nada, esse lugar é péssimo, a gente tem que ouvir bem alto! — disse Michelle, já surda.

— Você vai ficar surda!

— Quê?

Conforme avançavam, o som aumentava. Rafa falava cada vez mais alto para ser ouvido.

— Já fui num show com meus pais, sim. Quando aquele cara dos Beatles veio pro Brasil. Meus pais adoram ele, o...

— Paul McCartney?

— Isso!

Michelle riu. Pegou na mão de Rafa e continuou a adentrar a plateia em direção ao palco. Uma banda indie rock paulistana abria o show. Todos dançavam. Eles bebericavam o uísque escondidos, como passarinhos criminosos. Rafa estava extasiado já com a banda de abertura, ficou surpreso por nunca escutar aquele som antes, mesmo morando na mesma cidade deles. Quando chegaram em frente ao palco, próximos à caixa de som, Michelle disse:

— Este é um bom lugar. Pronto.

Rafa olhou pra trás e viu aquela multidão pulsante, pulando, cantando em grupo. Sentiu-se mais vivo do que nunca. Uma incrível energia — que ele chamou de *vibe* — pairava no ar. Quando Evandro Mesquita entrou, a plateia foi à loucura. Um grito tão forte que Rafa só ouvira no estádio de futebol. Logo na primeira música, ele sacou o celular do bolso e começou a filmar. Michelle o repreendeu, mas era impossível escutar algo no meio de tanto barulho.

— O quê!? — perguntou Rafa.

Michelle se aproximou do ouvido de Rafa.

— Falei pra você guardar o celular. Tem coisa que é melhor a gente guardar aqui, ó —falou, apontando para a cabeça.

Rafa não parava de olhar para os lábios dela, pensando no que viu através daquele jogo de espelhos do acaso. Ao final da primeira canção, Evandro Mesquita pegou o microfone, saudou a galera e anunciou a próxima música. Enquanto a banda se preparava, Evandro dizia, ao microfone:

— Essa é pra dançar agarradinho, pega quem tiver do teu lado, não importa quem: papai, mamãe, amigo, irmã, somos uma família grande hoje... vem comigo!

Todos ao redor de Rafa e Michelle começaram a procurar seus pares. Os dois se entreolharam com muita timidez, pensando no que fazer. Rafa virou um enorme gole da bebida e estendeu a mão, convidando Michelle para dançar. Ela se aproximou, completamente dura e envergonhada. As mãos de Rafa se detiveram nos quadris dela. Os corpos se encontraram, Rafa teve uma ereção e Evandro começou a cantar a clássica canção:

Longe de casaaaaaa
Há mais de uma semana
Milhas e milhas distantes
Do meu amor
Será que ela está me esperando?
Eu fico aqui sonhando
Voando alto, perto do c-é-u...

Enquanto Evandro cantava, os dois relaxavam. Já não estavam mais envergonhados. Michelle deitou a cabeça sobre o ombro de Rafa, enquanto se moviam lentamente. Os corpos estavam em plena sintonia. Eles meditavam em um leve movimento, com os olhos bem fechados. No meio da canção, Evandro recitou:

A Rádio Atividade leva até vocês
mais um programa da série
"Dedique uma canção a quem você ama"

Evandro pediu que todos trocassem de pares, como numa missa, naquele momento em que o padre nos obriga a desejar a paz de Cristo para desconhecidos. As pessoas trocaram de pares na plateia, sem nenhum pudor, com total respeito, todos na mesma vibração. O ambiente era só paz e amor. Mas Rafa não queria desgrudar de Michelle, e demorou para entender que teria de cumprir as ordens do *showman*. Michelle foi cutucada por um rapaz mais velho, era hora de trocar, mas hesitou. O rapaz não era como os idiotas que lhe assediavam na lanchonete, mas um fã idoso da Blitz. Relutante, Michelle virou para o lado e dançou com ele, mesmo mantendo certa distância. Rafa sentiu ciúme, como um galinho jovem, com cristas jovens; então, olhou para o lado e não encontrou ninguém além de uma senhora de mais de sessenta anos, meio hippie, que sorriu em sua direção e rapidamente o agarrou. Rafa dançou com aquela senhora, sempre olhando vez ou outra para ver se tudo corria bem com Michelle. Michelle teve paciência com o senhor do show, que movia-se lentamente dada a sua limitação motora. A senhora tentou beijá-lo, mas Rafa se esquivou com humor, rodopiando sua parceira de dança cada vez que ela tentava se aproximar, como num tango, encontrando a melhor posição para observar Michelle.

Fora o dia mais incrível da vida deles, até ali. Quando o show terminou, Rafa não soube muito bem o que pensar. Foi uma das poucas vezes em que saiu sem os costumeiros seguranças, e a primeira vez que saiu sozinho com uma garota. Seguramente, trocaria qualquer viagem de formatura por mais dias como aquele. Sentia uma louca vontade de beijar Michelle, uma vontade que não conseguia esconder. Talvez estivesse mesmo apaixonado.

Enquanto as pessoas se dispersavam entre as árvores do parque e a pista de *cooper*, em meio ao pôr do sol na cidade grande, eles decidiram parar para tomar um açaí.

— E, aí? Curtiu o show? — perguntou Michelle.

— Curti, mas acho que o Bruno Martini é mais animado.

— O quê!?

— Tô brincando. Eu curti muito — respondeu Rafa, rindo.

— Admite que foi o melhor show da sua vida, vai...

— Mas só porque estava com você.

Michelle não entendeu, mas sorriu. Rafa, então, começou a se aproximar dela, movendo os lábios para frente, numa tentativa tosca de sedução. E, num ato de sinceridade, Michelle rompeu o clima.

— Você tá dando em cima de mim?

— Sim.

Rafa se aproximou um pouco mais, pegou delicadamente em seu rosto e a beijou. Michelle o afastou. Rafa, sem jeito, tropeçou em uma lata de lixo que estava atrás de seus pés e fez o maior barulho. Todos olharam. Michelle riu.

— Por que está rindo? Eu pensei que...

— Vocês, homens, pensam demais. Eu não pensei nada.

— Como assim? Pintou um puta clima!

— Nós somos amigos, Rafa!

— Desculpa.

— Não precisa pedir desculpa, tá tudo bem.

Eles pegaram o açaí e se sentaram na grama para comer. Um clima bem desconfortável dominou a cena, era o primeiro fora da vida de Rafa. Enquanto comia, com a boca suja de leite ninho, ele pensava nos motivos que levaram Michelle a dispensá-lo.

— Michelle...

— Oi.

— Você é lésbica?

Ela, imediatamente, deu um tapa na cara dele.

— Só porque eu não quis ficar com você significa que eu sou lésbica? Larga a mão de ser babaca.

Rafa não sabia o que dizer. Conseguiu piorar ainda mais a situação. Foi quando viu Evandro Mesquita caminhando até a saída do parque, disfarçado, ao lado dos seguranças.

— Aquele não é o Evandro Mesquita? — disse.

— Não muda de assunto! Não vou cair nessa.

Rafa pegou a mão de Michelle e a puxou. Saíram correndo em direção ao astro, deixando para trás os potes de açaí.

— Vem, corre. Ainda dá tempo de conhecer o Paul McCartney brasileiro! — falou Rafa.

— Ele não é o Paul McCartney brasileiro! E eu não vou esquecer do que você me falou...

— Michelle, eu sou capaz de enfrentar aquele exército de fãs por você, como amigo ou como seu namorado! Desculpa, eu falei sem pensar!

Evandro foi descoberto. Os fãs se aglomeravam em frente ao carro do ídolo. Rafa se meteu entre as pessoas, dizendo que era da equipe de Evandro.

— Staff, staff, deixa eu passar! — gritava.

Michelle não podia acreditar em tamanha cara de pau. Rafa chegou até Evandro.

— Dá licença, Seu Evandro. Meu pai é seu fã.

Michelle cutucou o Rafa.

— Nós também.

— Podemos tirar uma foto? — perguntou Michelle.

— Claro, molecada — Evandro respondeu.

Depois, despediram-se e cada um foi para sua respectiva casa. Os seguranças de Rafa o esperavam do outro lado da rua. Rafa ofereceu uma carona, mas Michelle recusou e preferiu seguir sozinha, a pé.

Isso tudo acontecendo e eu repousando o pé em uma pilha de travesseiros. Tive de contar a verdade para os meus pais, não dava pra esconder uma atadura daquele tamanho. Eles ficaram decepcionados pelas mentiras, não pelo pé. Mas depois, entenderam toda a loucura de fingir ser goleiro para conquistar a garota bonita do colégio. Meu pé doía bastante, mas algo me incomodava muito mais: aquele maldito buraco no peito, a sensação física de quem sente que fez tudo errado. Não era só uma torção. Infelizmente, Dorflex não cura as dores da alma.

Rafa não me ligou para contar sobre o show, simplesmente sumiu. Em tempos normais, com certeza ligaria. Fiquei sabendo disso tudo porque vi as fotos do show no Instagram do Rafael e algumas partes deduzi das fofocas que ouvi pela escola. A final era no dia seguinte, mas eu só pensava naquele show. Senti ciúme demais. Não consegui dormir. Aquele buraco no peito... E tudo o que meu pé precisava era de descanso.

Quando o relógio marcou duas da manhã, depois de inúmeras tentativas de pregar o olho, vi que Michelle estava on-line.

— Te acordei? — perguntei.

— Não, mas estava me preparando para dormir. O que você quer?

— Tô sem sono.

Ficamos em silêncio.

— Era só isso? — rompeu Michelle.

— Não. Queria falar com você. Tá fazendo o que acordada até essa hora?

— André, fala logo, preciso dormir.

— Me conta.

— Tava tocando.

— Tá ficando legal?

— Resolveu se interessar agora?

— Deixa eu ouvir como tá ficando.

— Não.

— Por favor. Coloca no viva-voz pra eu ouvir.

— E seu pé?

— Como você sabe?

— O Rafa me contou.

— Que fofoqueiro.

— E, então?

— O quê?

— Como tá o seu pé?

— Resolveu se interessar?

— Ok, então não conta.

— Tô preocupado, não para de inchar.

— Você não devia jogar a final amanhã, vai arrebentar teu pé de vez. Melhor perder a final do que um membro.

— Eu ainda quero ouvir a música.

Michelle ficou em silêncio.

— Michelle?

— Espera! Tô pegando o violão.

Eu precisava ouvir. E foi a coisa mais linda que ouvi desde que escutei Michelle cantar pela primeira vez.

— Ainda tá ai?

Ela riu e imitou o barulho que os telefones fazem quando a ligação cai.

— Tu, tu, tu...

— Michelle?

Ninguém respondeu.

— Para de gracinha.

Silêncio pavoroso.

— Caiu a ligação ou você tá me zoando? — perguntei.

— Caiu a ligação, faz tempo — respondeu Michelle. — Acabou seu tempo senhor. Teve tempo demais para dizer tudo o que não disse.

— Então aproveito para dizer, mesmo que tarde.

— Tu, tu, tu... — repetiu Michelle.

— Eu não tenho certeza do que estou fazendo. Somos jovens, e não vejo a hora do tempo em que vamos rir disso tudo. Por ora, continuo perdido, existindo dessa maneira torpe. Estou perdido há muito tempo. Daqui alguns dias, serei maior de idade e ainda nem sei o que fazer da minha vida. Definitivamente, não estou pronto pra ser adulto. Queria voltar para o fim da fila. Não sei o que gosto de fazer, nem estudar... E tudo precisa ser decidido às pressas, de uma hora pra outra; e o pouco tempo que me resta, antes de me tornar maior de idade, gastei fazendo uma coisa que sempre odiei, por causa de uma garota que eu nem sei se gosto mais...

— Como assim não gosta mais?

— O que sinto por ela não é amor.

— Como assim? É o que?

— Paixão, sei lá, oras. Essa coisa que vem e que passa, como uma vontade súbita de comer McDonald's, mas que vai embora depois da primeira mordida. Quando percebemos que não amamos verdadeiramente aquela pessoa, que era apenas um desejo. Amor não tem muitos nomes, eu acho. Desejo, sim. É uma ansiedade que dá no peito, na planta do pé, de baixo pra cima, que surge no saco, também, e que a gente sempre acha que é amor, mas não é; não sei, quem sou eu pra tentar te explicar? Não sei. O que sinto pela Amanda não é amor. O time de futebol, essa mentira toda, tudo não passa de uma vontade masculina pueril, a tentação de me aventurar uma vez na vida, como nunca antes, como Marlow, naquele livro do Conrad que te falei. O verdadeiro troféu desse campeonato chama-se Amanda Hoffmann... Ninguém liga pro verdadeiro amor. E quer saber? Nunca fiz nada disso por ela. Fiz por mim mesmo. Para sacudir um pouco a vida e me sentir vivo, pra adicionar um *plot twist* na merda de história que escrevemos dentro daquele colégio. Acontece que a vida não respeita as mesmas regras, não somos melhores que os livros. E se a arte realmente nos imita, eu tenho medo do que acontece no final. Na verdade, eu não quero chegar no final. Por sorte, ainda existe você, que vem e muda tudo, subverte a realidade e me faz pensar que a vida pode mesmo valer a pena. Mesmo sem viagem de formatura, sem dinheiro, sem os idiotas do time, sem aquelas danças ridículas no Instagram. Eu sei que tudo isso não faz o menor sentido, mas, amanhã, quando eu acordar com o pé inchado e lotado de raiva por fazer o que não gosto, ao menos terei a consciência tranquila de que agora você sabe de tudo o que se passa dentro de mim. Mesmo no completo caos, agora você sabe que eu... Deixa, é melhor desligar.

Michelle permaneceu em silêncio.

— Queria fazer um feitiço, para que tudo voltasse a ser como era antes. Estou perdido, confesso. Meio que tentando achar aquele André, que existe, em algum lugar ainda, eu sei. Não precisa dizer nada, talvez eu mereça esse silêncio todo.

Michelle não respondeu e, depois de alguns minutos, desligou o celular. Então, eu pude dormir. Chorar dá sono.

Levantei cedo para o jogo. Foi como se tivesse apenas piscado, não dormido. Quatro horas não recuperariam o cansaço de quem treinou como um cavalo de corrida no dia anterior. Acordei exausto, mancando, cheio de dores que não saberia identificar onde ou porque, com o pé completamente inchado. Mas eu precisava confiar no meu pé, precisava dele. Benditos pés, que nos aguentam durante toda uma vida, e não damos a devida atenção para os coitados. E meu pé estava me dizendo: fique em casa, estúpido, eu preciso de férias! Mas precisava deles, mais do que nunca. Não esperava que melhorassem de um dia para o outro, precisava apenas não sentir tanta dor. Segundo a enfermeira, fora uma torção de grau elevado. Seja lá o que isso signifique, eu mal conseguia pisar completamente no chão. Então, antes de me apoiar com toda a força da gravidade, fiz uma atadura, de modo que meu pé estivesse firme no chão. Tomei um café da manhã reforçado e tentei sair despercebido, mas fui surpreendido por minha mãe.

— Você não vai jogar, te proíbo.

Essa frase soou completamente estranha, ela nunca me proibiu de nada, mesmo podendo usar essa carta a qualquer momento. Fiz cara de espanto, não entendia o motivo. Ela continuou, correspondendo ao meu espanto.

— Não foi por isso que te convidaram? Pra substituir um outro jogador machucado? De que adianta jogar desse jeito, meu filho? Tem de haver um substituto para você também.

— Não no dia do jogo. Não há mais tempo, não tenho outra opção, goleiro não dá em árvore.

— Filho, pensa bem, não vale a pena jogar assim — reforçou meu pai.

Meu pai sabia exatamente o que eu estava sentindo e jamais me proibiria de nada. Apesar de me pedir para não disputar a partida, ele sabia que seria em vão, porque eu fugiria se fosse preciso.

— Vem, eu te levo. Ele já é um homem, amor, tem o poder de decidir. Se podemos ajudar, eu é que não vou deixar ele ficar andando com esse pé até o colégio. Vamos.

A carona veio em boa hora, e nem estava chovendo. Conversamos durante todo o caminho. Meu pai disse que estava orgulhoso de mim por minha resiliência. Bonita essa palavra, não? Coisas da língua portuguesa. Mas não importava tanto a palavra, e sim por quem ela foi proferida. Não existe nada tão reconfortante no mundo quanto saber que o homem que você admirou a vida inteira está orgulhoso de você. No vestiário, enquanto esperávamos o momento para entrar na quadra, era possível ouvir a torcida entoando o grito de guerra. Que pressão, o grito parecia muito mais forte lá de baixo. Fábio veio até mim e agradeceu o esforço que eu fazia, por jogar mesmo machucado. O professor de Educação Física me ajudou com as compressas de gelo e algumas massagens locais. Meu pé estava realmente fodido, nada adiantou muito, eu ainda não pisava perfeitamente no chão. Todos estavam apreensivos em me ver jogar naquela situação, mas precisavam de um goleiro, não importava quem ou como. Mal sabiam que a diferença entre mim e um cone seria apenas a cor.

Rafa já aguardava na arquibancada. Chegou cedo. Era possível ouvi-lo entusiasmando a torcida. Além disso, o idiota me mandava mensagem de cinco em cinco minutos — talvez estivesse tão nervoso quanto eu. Rafa também implorou para que eu desistisse. Nas mensagens, dizia que não queria me ver jogar machucado, que também estava de saco cheio daquela mentira.

O diretor do colégio entrou no vestiário para desejar boa sorte e anunciar que, em nome do bom desempenho da equipe, em nome de nossos esforços, mas, principalmente, pelo pedido de Fábio, o colégio adiaria as provas de recuperação para depois da viagem de formatura. Pronto. Fábio se tornara, oficialmente, um herói. Agora todos iriam para Porto sem pensar nas provas.

— Cinco minutos, galera! — gritou Fábio.

Me lembro do diretor vomitando frases de efeito a esmo no vestiário, um gerador de lero-lero ambulante: "Não importa o resultado, apenas a participação e esforço de cada um de vocês", "Parabéns, Fábio, você fez um grande trabalho liderando esta equipe", "Boa sorte, meninos! É preciso ter coragem para chegar até aqui. Como diria Júlio César: a sorte está lançada". Neste momento, eu já estava completamente surdo, com o coração aos pinotes. Já tinha usado o banheiro mais de três vezes, puro nervosismo. Desde que imitei o Silvio Santos numa peça de teatro da escola, era a primeira vez que me exibia em público. Estou nem aí para a frase de Júlio César, eu estava mais para um gladiador perdido, minutos antes de ser devorado pelo leão na arena.

Fábio anunciou nossa entrada. Entramos. A arquibancada estava lotada, a torcida adversária também marcava presença. Logo avistei o Rafa, ocupando o melhor lugar, bem ao lado de Amanda e da torcida organizada. E havia uma cadeira vazia a seu lado, um lugar reservado, com a mochila de Rafa em cima do assento. A mochila fazia as vezes de Michelle, que estava atrasada. Acenei para ele, perguntando de nossa amiga; Rafa apontou para o pulso, fazendo menção ao relógio. Michelle estava realmente atrasada. Amanda interceptou nossa troca de mímicas à distância e piscou para mim.

Cada equipe foi para um lado da quadra, e começamos o aquecimento. Depois de alguns minutos, Fábio reuniu o time para um breve discurso — por Deus, eu estava exausto de tantos discursos, trocaria todos eles por um novo pé. Nos posicionamos com as cabeças encostadas, como se nos adorássemos, formando um círculo.

— Aproveitem a oportunidade que vocês receberam e não deixem ela ir embora. É pra entrar em quadra e passar por cima. É pra dar a vida, entendeu? — disse Fábio.

Ninguém respondeu.

— Entenderam!?

— Sim — gritamos em coro.

— Um, dois, três... Tom Jobim! — gritamos novamente, com as mãos unidas no centro do círculo.

Cada jogador seguiu para sua respectiva posição. A torcida aplaudiu. Quando pisei no gol, mancando, fui ovacionado por todo o colégio, todos gritando meu nome. Era o maior desafio de minha vida, aquela onda de gente gritando *André!* mexeu comigo, mas minha verdadeira preocupação era ver Michelle na arquibancada. Que droga! Ela não estava em nenhum lugar onde minha vista alcançasse. *Talvez estivesse escondida, era a cara dela assistir tudo de longe, sem ser vista; mas com certeza ela está vendo o jogo*, pensei. Mais tarde, descobri que Michelle não compareceu ao colégio naquele dia. Ela perdeu fatalmente a hora, porque o celular não tocou e, além disso, estava exausta, com uma puta ressaca do show da Blitz.

Voltando ao jogo, a partida começa. O diretor fez bem em citar Júlio César, pois a competição foi uma verdadeira carnificina, um combate no Coliseu seria mais light. Que jogo feio, quase sem técnica. Os jogadores disputavam a bola como trogloditas, afobados. Fábio pedia calma, mas eu estava tão nervoso que toda a dor sumiu antes mesmo de algum jogador conseguir pegar a bola pela primeira vez. Não senti meu pé em nenhum momento, estava fervendo, jogando a conta para o futuro. Me entreguei de corpo e alma para a partida. Para quem queria sair do colégio sem ser notado, lá estava eu: ovacionado pelos colegas de classe simplesmente por me arriscar a disputar um troféu de latão, tudo porque pisava no chão como o Saci.

As bolas começaram a vir em minha direção depois de uns cinco minutos de jogo, quando surgiram as primeiras falhas da defesa do Tom Jobim. E me entreguei por inteiro para alcançá-las. Me jogava na direção das bolas como se fossem meu coração, a cem por hora, passando por mim. Por sorte, fiz boas defesas, como nunca consegui antes nos treinos. E todos gritavam o meu nome quando a bola avançava pela zaga — Rafa sempre puxava o coro, é claro. Os gritos da torcida nos deram confiança e Fábio marcou o primeiro gol. Em seguida, veio o fim do primeiro tempo: um a zero para nós. Senti o cheiro da vitória, estávamos muito melhores que o time adversário.

No intervalo, Fábio deu algumas orientações para não nos sentirmos confiantes demais com o placar; mas não me lembro de nada, estava concentrado procurando Michelle, que não aparecia em nenhum lugar. Olhando para a arquibancada, eu via apenas aquela maldita mochila amarela da agência de turismo, toda pichada de branquinho por Rafa.

Quando olhei para meu pé, notei meu tornozelo mais inchado do que nunca, estava com uma aparência roxeada. Pensei em desistir, a lesão estava muito feia. Deveria ter feito isso. Enquanto meu corpo esfriava, a dor vinha. Fingi ser tudo aquilo um impulso psicológico de defesa e encarei o resto do jogo, sem medo. O apito soou, era hora de voltar para quadra. O segundo tempo foi marcado pela tentativa do time adversário em desempatar o jogo. Jogamos na retranca, tentando manter o resultado a nosso favor. Que erro. Péssima escolha, a de Fábio. Até Rafa sabia que não se ativa o sistema de defesa de um time com apenas um gol de vantagem. Preciso dizer o que aconteceu? O adversário marcou logo no início do segundo tempo. Desde então, cumprimos a ordem de Fábio e jogamos concentrados na retranca, mas precisávamos mesmo era de mais ataque para desempatar o jogo.

Quando o relógio apontava dez minutos para o fim da partida, me dei conta de que se não fizéssemos o gol da virada a decisão iria para os pênaltis, conforme Rafa previu. Mas meus poderes eram limitados, eu era apenas um goleiro com chances mínimas de mudar o placar. Então, tudo o que fiz foi rezar, rezar forte para a decisão não ir para os pênaltis. Preferia perder a disputar o resultado do jogo nos pênaltis. Senti medo outra vez, um medo que só aquele outro André sentiria. Os adversários nos olhavam com raiva e farejaram meu medo. Sabe como é difícil defender uma bola chutada com raiva a menos de quatro metros de distância? Pois é, pênalti é isso. Quando uma decisão vai para os pênaltis, a vitória e a derrota são de responsabilidade do goleiro. Um campeonato inteiro nas costas de um farsante. Pensei em sair correndo, deixar tudo à deriva, ou fingir um frango e deixar a bola entrar... tudo para a decisão não ir para os pênaltis. Fábio tentou a todo custo, fez lindas jogadas, mas a bola não entrava, estava amaldiçoada.

Último lance. Fábio avança na área, dribla dois, chuta com efeito pro gol... e a bola bate na trave e sai do campo. Em seguida, o apito final. Fim de jogo no Tom Jobim. O placar: um a um. Em outras palavras: pênaltis.

Depois de um breve respiro para os times, o juiz logo organizou o início das cobranças. Cara ou coroa para decidir quem começa. Tom Jobim pediu cara. Deu cara. Um atacante do Tom Jobim se preparou para a cobrança. Gol do Tom Jobim. Caminhei até o gol para o primeiro pênalti da minha vida. O atacante do time rival se preparou para a cobrança e... gol, não consegui evitar, a bola veio como um míssil de longo alcance em direção a mim. As cobranças seguiram, e o placar continuava empatado. Os times erravam e acertavam o mesmo número de pênaltis. Não fiz nenhuma defesa milagrosa, e percebi que a arquibancada começava a se irritar comigo. Rafa tentou conter a zombaria e as ofensas, mas fui de herói a vilão em poucos minutos. Os alunos questionavam o fato estúpido de eu pular sempre para o mesmo lado. Mas eu confiava em Rafa e decidi que pularia para o mesmo lado até o último pênalti, era esse o combinado. A essa altura, eu não desistiria mais dos conselhos de meus amigos. Ainda assim, estava sozinho no campo, e contava apenas com a sorte dos chutes para fora.

Heder foi um dos últimos antes da contagem zerar para novas cobranças. Se errasse, o time adversário estaria na frente e não haveria um novo turno de chutes. Heder cobrou, mas o goleiro antecipou a jogada e defendeu. O Tom Jobim tentou questionar a antecipação do goleiro adversário, mas o juiz ordenou que seguíssemos, não seria um jogo para se ganhar no grito. O Tom Jobim, então, entrou em desvantagem, e a responsabilidade estava oficialmente em minhas mãos, como se nada nunca pudesse piorar. Chegou a vez do último jogador do time rival. Se eles marcassem, era nossa derrota. Me restava defender o pênalti ou contar com a sorte de o jogador errar. Neste caso, Fábio, o melhor batedor, o último a cobrar, decidiria nossa permanência no jogo. O atacante do outro time me encarava com olhos de pantera. Todos gritavam meu nome, voltei a ser herói, mas precisava defender o gol para continuar sendo amado. Respirei fundo. Fechei os olhos por dois segundos. Em pouquíssimo tempo, um filme passou pela minha cabeça. Lembrei dos momentos que vivi com Rafa e Michelle, pensei na vida a bordo do navio chamado escola, e em Marlow... me senti completo. Se não defendesse aquele pênalti, tudo bem, o caminho foi mais legal que o destino.

E todo o medo se foi. Até o medo do medo. Estava pronto para defender aquela jogada, para seguir adiante, para pular em qualquer outra bola que a vida me chutasse na cara. E cada vez que a vida me parecesse sufocante, meteria o dedo em riste e a ordenaria para pisar mais devagar, como diria o poeta. Me lembrei do youtuber de cabelo colorido dizendo que o segredo era pular sempre para o mesmo lado. Não vacilei dessa vez e, claro, pulei para o mesmo lado de sempre. Defendi o pênalti. A bola encaixou em minha mão como uma tampa, até barulho fez. Rafa estava certo. A torcida foi à loucura.

O Tom Jobim tremia dos pulos que a arquibancada dava. Ainda não era hora de comemorar, mas todos estavam alucinados com a minha defesa. Agora, era só Fábio chutar pro gol e então poderíamos correr para o abraço, para o pódio, levantar a taça de latão do Intercolégios. Estava nas mãos dele, e ele nunca errava. Foi indescritível a sensação de saber que seríamos campeões bem no meu terceiro ano. Fábio se preparou para a cobrança. Tomou distância e chutou lindamente no ângulo certo, uma bola incrível, com efeito, colocada, mas um tanto quanto lenta, que deu ao goleiro a oportunidade de sacar o tempo e o lado da defesa. Fim da partida. Comemoração do time rival. O Tom Jobim continuaria mais um ano sem o título, reclamando eternamente do lance do goleiro, até o ano seguinte. Rolou até discussão com o árbitro, uma confusão geral. Deixei a argumentação e a briga para os experientes. Fiz minha parte e sai de campo. Sabia que nada mudaria o resultado do jogo, partidas se vencem em campo, não no grito. Larguei minhas luvas e percorri o canto da quadra, sem saber muito bem o que fazer, nem pra onde ir, buscando a possibilidade de encontrar Michelle em algum canto daquela maldita arquibancada. Deveria me sentir mais leve, estava livre daquela mentira.

O time ficou arrasado, e eu só queria voltar para minha vidinha de desconhecido que eu tanto amava. Fábio ajoelhou na quadra e escondeu o rosto, chorando. Levantou as mãos para o alto, agradeceu a Deus e depois correu para o vestiário, ainda com o rosto coberto. Dizem que ele chorou durante muito tempo. Rafa me consolou dizendo que foi a defesa mais espetacular que já viu. Eu nem lembrava mais daquilo, e ele estava feliz por ter o melhor amigo de volta. Quando saíamos da quadra, Amanda veio até mim e disse:

— Muito obrigado. Você lutou até o fim, ao menos nos deu esperança. Foi uma linda defesa.

Agradeci e nos abraçamos, mas não era esse o abraço que eu queria.

— Ganhar nem sempre é um bom negócio — comentei.

— Pode ser. Pelo menos vocês conseguiram adiar as provas de recuperação. A gente supera esses caras em Porto, André — continuou Amanda.

— Não fui eu, foi Fábio quem conversou com o diretor e conseguiu adiar as provas. Aliás, é melhor você conversar com ele, com certeza ele está precisando — respondi, deixando Amanda sozinha.

Fui embora com o Rafa, desnorteado e mancando. Não dei a mínima para Amanda, que ficou em pé, esperando alguma resposta diferente daquela, atônita. Aquela era a primeira vez que alguém no colégio a deixou falando sozinha. Ela não queria falar com Fábio coisa nenhuma, queria estar comigo, estava nitidamente afim de mim.

Pensei ter perdido de vez as chances com a mulher que eu idolatrei durante todo o colégio, mas eu não tinha cabeça para mais nada, precisava apenas tomar um banho, deitar, colocar gelo nos pés e lamentar a ausência de Michelle. Estava confuso e com dor, precisava da fossa, precisava pensar naquilo tudo.

Fábio teve um surto no vestiário. Após a derrota, culpava a todos por ela. Tiveram que conter o pobre garoto, que estava descontrolado, gritando. Quando terminei de me trocar, passei por ele e disse:

— Nos esforçamos muito, ninguém tem culpa do resultado. Para existir o campeão, alguém tem de perder. E é preciso saber perder. Acredite, eu sei o que é tentar acertar e ver tudo dar errado. Relaxa, vai passar. Um dia, na faculdade, vamos simplesmente rir dessa história toda.

Fábio respirou fundo, me abraçou e começou a chorar em meu ombro. Nunca o vi dessa maneira, frágil, entregue. Fábio me deu um beijo no rosto e saiu. Rafa me convidou para dormir na casa dele, disse que deveríamos comemorar. Pensei que seria bom me distrair e jogar videogame até de madrugada, há tempos não fazíamos isso. Michelle estava fora de área, e só acordou um pouco depois do jogo, desesperada por ter perdido a hora. Já era tarde, só dava tempo de uma ducha e um pão com manteiga antes de ir para o trabalho.

Talvez o resultado fosse diferente se ela estivesse lá. Sei lá, as vezes acho que a presença dela bastaria para me dar um pouco mais de força. Foi pirraça, pura vingança, pensei. Mas não era.

9

Michelle sempre se virou muito bem sozinha. O fato de ter perdido os pais, assim tão cedo, fez com que seu corpo desenvolvesse a força de adamantium. Mas, assim como o Wolverine, ela também era repleta de cicatrizes na alma. Michelle era só razão, porque trancafiava todas as angústias dentro do peito e quase nunca dividia seus sentimentos com alguém. Mas nem mesmo a liga metálica mais forte do mundo seria capaz de aguentar tanta coisa guardada dentro do peito.

Confesso que não sou capaz de imaginar um mundo onde meus pais não existam, onde eles não me vejam crescer, onde não conheçam meus filhos. É assim a ordem natural das coisas, não? E fora da ordem natural, tudo é mais difícil. Como uma remota probabilidade de sobrevivência ambulante que era, Michelle aprendeu a se bastar, não precisava de ninguém para ser feliz. Se aquele acidente de carro não a matou, era porque não era o momento, e não seriam os dramas da adolescência que a fariam sucumbir. No Alasca, ou em São Paulo, se tivesse um par de fones, um instrumento qualquer, Michelle sempre estaria em paz, ou melhor, quase em paz. Com a música, Michelle esquecia do mundo, de si.

Desde que os avós viajaram, Michelle vivia uma espécie de amostra grátis da vida adulta, e todos pensávamos que ela estava pronta para isso há anos. Michelle era emancipada e estava sozinha na casa de seus avós há mais de duas semanas, cheia de liberdade para fazer o que bem entendesse. Ela já ficou sozinha outras vezes, tinha a plena confiança dos avós, que confiavam demais na neta de ouro — ligavam apenas uma vez por dia para mandar notícias e saber se um meteoro não havia destruído a cidade. Eram quase três da manhã quando ela finalmente me ligou. Eu estava na casa de Rafa, jogando videogame. Não nos falávamos desde a derrota do Tom Jobim, desde quando ela resolveu não aparecer em um dos dias mais complicados da minha vida. Eu já tinha até esquecido esse assunto. Ninguém descobriu minha farsa como goleiro, e esse era o melhor prêmio que um mentiroso, como eu, poderia ter. Por isso, eu e o Rafa decidimos dedicar aquela madrugada inteira ao Playstation; desplugados do mundo, nada mais importava. Até que o telefone tocou, às três da manhã.

— Peraí, Rafa, para de gritar. Alô?

— Pode falar? Tava dormindo? — perguntou Michelle.

— Não.

— Não o quê? Não pode falar ou não estava dormindo?

— Os dois — respondi.

— Tá fazendo o que?

— Jogando videogame.

— Que mentira! Você nem tem videog... Ah, você está no Rafa. Bom, depois a gente conversa.

— Fala.

— Você disse que não podia falar, ué.

— Fala logo!

— Tá bravo?

— Tô normal.

— Mesmo você merecendo, eu não fiz de propósito. Estamos quites, vai.

— Beleza.

— Para, André! Você acha mesmo que eu fiz de propósito?

— Talvez.

— Eu não sou o tipo de pessoa que faz vingancinha!

— Todas as mulheres fazem.

— Não fala merda, toda generalização é burra. É como dizer que os homens amadurecem depois que as mulheres.

— Mas essa não é uma generalização burra, é a mais pura verdade.

— É verdade, vocês dois são a prova via. Enfim, você entendeu. Chega, vai. Está tudo bem, eu te desculpo.

— Ah, nossa. Muito obrigado por me desculpar — falei.

— E aí, amigos?

— Beleza, amigos. Preciso desligar, estou no meio da partida.

— É sexta-feira, o campeonato acabou, você já passou de ano... vai mesmo ficar jogando Fifa?

— Quer que eu faça o quê?

Só eu não percebi, que burro. Aquela era uma clara tentativa de tentar me chamar pra sair. Era?

— Ah, sei lá. Estou entediada.

167

— Quer que eu saia por aí pulando como um Saci com meu pé torcido? Talvez até quebrado...

— Que grosseria, velho! Ai! Espera!

O telefone dela parecia ter caído no chão.

— Tá tudo bem?

— Desculpa, caí aqui — disse Michelle, rindo.

— Você está bêbada? Tá falando meio mole, caindo sozinha...

— Estava. Ainda estou, um pouco. Agora tô bem, relaxa, só tropecei. Vou comer alguma coisa, depois falamos.

— Desde quando você bebe assim?

— Desde quando meus avós me deram uma casa cheia de bebida. Tô zoando. Essa foi a segunda vez, a primeira foi no show da Blitz, que você não foi, lembra? Tudo na mesma semana. Não é fascinante poder beber sem ninguém te fiscalizando, te dizendo o que fazer, o que não misturar? Ser adulto não é tão ruim. Calma. Será que eu posso ser considerada alcoólatra?

Rafa estava com a orelha colada no telefone.

— Espera, e seus avós?

— Eles foram viajar, André! Bodas de ouro, lembra?

— Verdade, tinha esquecido — respondi. — Quantos anos são bodas de ouro mesmo?

— Não sei. Uns cinquenta. E você também já perguntou isso.

— Puta que pariu. É mais do que eu pensava. Seu avô vai para o céu.

— E a minha avó não? Acha que é fácil passar meio século ao lado de um homem?

— Como as pessoas conseguem?

— Não sei.

— E você bebeu o que pra ficar assim?

— A pergunta não é o que eu bebi, mas com quem eu bebi — brincou Michelle.

— Como assim?

— Não está curioso pra saber com quem eu estava até essa hora?

— Não. Não estou — falei, querendo absurdamente saber com quem ela estava.

— Você pode até fingir não estar curioso, mas eu sei que está. Bom, eu só queria muito saber de uma coisa: o que houve com a Amanda Hoffmann depois do jogo? Por que ela ficou tão chateada?

— Como assim? Como você... — perguntei.

— Pra quem estava apaixonado, você foi bem mala. Deixar a menina falando sozinha...

— Não foi de propósito, e eu não estou... Espera aí... Como você sabe? Você saiu pra beber com a...?

— Ela apareceu lá na lanchonete depois do jogo.

— Você estava bebendo na lanchonete com a Amanda Hoffmann até agora?

— Aham.

Foram longos minutos escutando Michelle me contar sobre aquele encontro inesperado. No dia do jogo, depois de perder a hora e chegar atrasada no trabalho, Michelle teve que compensar as horas perdidas no fim do expediente. Foi quando Amanda apareceu por lá, com a lanchonete quase fechando.

— Hoje você fecha, Michelle — ordenou a dona do estabelecimento.

— Deixe a chave com o vigia depois.

Alguns minutos antes de fechar, já com as cadeiras todas viradas para cima, Amanda Hoffmann entrou. A última funcionária se despediu e foi embora. Não havia mais ninguém quando Amanda chegou.

— Oi — disse Michelle.

— Oi — respondeu Amanda.

— Vai querer alguma coisa?

— Uma cerveja.

— Não posso vender bebida para menor — retrucou Michelle.

— Quem disse que eu sou menor? — Amanda falou, tirando o RG do bolso. Michelle foi até a geladeira e serviu uma cerveja para ela.

— Qualquer coisa eu tô na cozinha, estávamos pra fechar já.

— Senta aqui, bebe comigo — pediu Amanda.

— Não posso, minha chefe me mata. E eu não sei se gosto de cerveja, acho amargo.

— Eu também.

— Então por que pediu?

— Porque é a única coisa com álcool nesse... nessa... lanchonete, sei lá. Enfim, acho que precisamos tomar uma cerveja juntas. É o que meu pai faz quando precisa se entender com alguém. Pega uma, eu pago.

Michelle olhou ao redor, checando se o local estava mesmo vazio. Foi até a porta e a trancou, virando a plaquinha do vidro da entrada para o lado escrito *fechado*. Não havia ninguém lá fora, além do vigia, que dormia profundamente dentro da cabine. Michelle pegou uma cerveja e sentou-se ao lado de Amanda. Depois brindaram sem saber o motivo.

— O que você está fazendo aqui? — disse Michelle, dando os primeiros goles.

— Vim conversar com você.

— Isso eu entendi, mas sobre o quê?

— Promete que vai falar a verdade?

— Nunca — respondeu Michelle.

— Você e o André se pegam, né?

Michelle riu, sem graça, não entendendo o motivo da pergunta.

— Por que a pergunta? Não. Somos apenas bons amigos.

— E vocês nunca ficaram?

— O máximo que rolou foi um selinho na quarta série, e eu tive que tomar atitude.

— Ah, não! Ele é gay?

— Claro que não. Que mania essa... Pelo menos eu acho que não, ué — Michelle falou.

— No começo, pensei que ele estivesse afim de mim. Ele deu todos os indícios, sei lá... O jeito que me olhava na arquibancada, o jeito que me ofereceu ajuda com a prova do Adalba... Mas hoje, depois do jogo, foi estranho. Ele me ignorou completamente. Vim aqui porque passei a tarde toda pensando nisso. Foi a primeira vez que senti que tomei um fora. Daí revirei todas as redes sociais dele, os álbuns do colégio e só encontrei fotos de vocês dois juntos. Aí eu pensei: claro! Não deve ser só amizade.

— Somos melhores amigos, relaxa.

— Eu tô apaixonada?

— Talvez. É bem provável, na verdade.

— Eu sinto que é ele. Foda-se que o André não é o mais bonito do colégio, na verdade ele é um dos mais estranhos. Mas, depois de tantos idiotas que eu já fiquei... Sinto que finalmente encontrei o cara certo. Ele é diferente dos outros garotos do time, não sei o porquê, mas é. Existe algo muito interessante por trás daquele olhar misterioso, e eu adoraria descobrir.

Michelle ficou em silêncio, deu uns bons goles e terminou a primeira cerveja. Amanda continuou:

— Talvez ele estivesse apenas estressado, por conta da derrota do time. Quem sabe em Porto a gente não...

— Ele não vai pra Porto — interrompeu Michelle.

— Como assim?

— Ele não vai pra Porto.

— Por quê?

— Os pais estão sem grana.

— A gente faz uma vaquinha! Ele não é o único.

— Não adianta, ele é orgulhoso demais pra isso.

— Mas ele quer ir?

— Pergunta pra ele, ué!

— Calma. E você, vai?

— Também não — Michelle respondeu.

— Por quê? Seus pais também...

— Meus pais morreram.

— Desculpa, tinha esquecido.

— Vamos pra Porto, Michelle!

— Meu avô diz que Porto Seguro fede a urina.

Amanda caiu na gargalhada.

— Mas não é por isso — continuou Michelle.

— Então qual o motivo?

— Tenho outra viagem marcada.

— Pra onde?

— É segredo.

— Vai sozinha?

— Parece que sim. Se todo mundo vai pra Porto...

— O André não vai.

— É. O André não vai. Mas nós não estamos, digamos, na melhor fase.

— Ih... Talvez não seja só amizade — Amanda provocou.

— É. Talvez.

— Que merda.

— Que foi?

— Vocês são legais. Uma pena nos conhecermos só no último ano — confessou Amanda.

— Nós sempre estivemos lá, na mesma sala.

— Mas eu nunca vi!

Michelle não tinha o hábito de beber. Depois da segunda garrafa, ela e Amanda já se consideravam melhores amigas e dividiam seus mais profundos segredos. Quando a larica bateu, foram para a cozinha procurar algo para comer. Devoraram um bolo de chocolate que estava pronto para ser servido na lanchonete, no dia seguinte. Brindavam as fatias como se fossem taças de champanhe, fizeram uma sujeira danada. Depois veio a terceira cerveja, depois a quarta... Beberam como nunca, riram como se não houvesse amanhã. Quando Amanda finalmente encontrou o controle do som da lanchonete, colocou uma música para tocar.

— Tá doida? Desliga isso! Vão chamar a polícia — disse Michelle.

— Relaxa. Não estamos fazendo nada de errado. Antes de sair a gente limpa tudo e ninguém vai perceber.

Amanda então começou a dançar, mostrou que Michelle poderia sentir-se à vontade ao seu lado. Michelle decidiu, então, mover os quadris também. Juntas, no meio do salão, dançaram a icônica *Escape (The Piña Colada Song)*:

If you like piña coladas
And gettin' caught in the rain
If you're not into yoga
If you have half a brain
If you like makin' love at midnight
In the dunes on the cape
Then I'm the love that you've looked for
Write to me and escape...

Michelle amava aquela canção. E não imaginava que Amanda seria capaz de escolher uma música tão boa. Só então percebeu que durante todo aquele ano a julgou muito mal. *Amanda poderia ter sido uma amiga incrível*, pensou. Mas era tarde e, dali em diante, cada uma seguiria sua vida, uma faculdade diferente, um curso distinto. Michelle sentiu que desperdiçara uma amizade, não só, a vida também; sentiu uma tremenda culpa pelo tempo em que passou reclusa em seu próprio mundo. Mas, apesar de tudo, dançou. E enquanto dançavam e cantavam, os cabelos delas se misturavam, os loiros de Amanda com os castanhos escuros de Michelle se tornavam um só. Nisso, Amanda segurou as mãos de Michelle. Estavam muito felizes, o mundo poderia acabar ali mesmo. Se aproximavam mais e mais, até dançarem completamente coladas, nariz com nariz, a seriedade de um tango. A dança se tornou mais e mais envolvente, e logo tudo se transformou num jogo potente de sedução e suor.

Michelle não hesitou, não como quando dançou com Rafa no show; seus hormônios não perdoariam dessa vez. Seu corpo estava maduro o suficiente para descobrir os próprios gostos. Pensou que talvez pudesse ser realmente lésbica, como todos diziam. *E se eu for? Foda-se. Só se vive uma vez*, pensou. Tentou resolver o assunto da própria sexualidade naquele momento, em um lapso de segundo, como sempre faz, mas não conseguiu. Essas coisas são complexas para se resolver em um instante, de maneira completamente racional. Precisava viver, experimentar; tinha medo de se arrepender outra vez.

— Michelle, relaxa, só dança — tranquilizou Amanda, percebendo o nervosismo no corpo dela.

Michelle, então, aproveitou o momento e o resto da canção. Deus, como estavam felizes. Não pelo efeito da bebida, mas por aquela dança, por aquele momento sem julgamento, onde não importava se eram gostosas, hétero, lésbicas ou qualquer outra coisa que o mundo inteiro insistia em rotular. Uma dança é sempre apenas uma dança. Michelle não acreditava que Amanda pudesse ser tão divertida, tão verdadeiramente sensual, e com boas referências musicais, acima de tudo. Sentiu uma vontade imensa de ir para Porto Seguro com ela, com Rafa, talvez até comigo. Agora, aquele rito fazia sentido. Pensou que a viagem valeria a pena se vivesse mais momentos como aquele — e ela realmente precisava de mais momentos como aquele. Amanda era sua primeira amizade feminina com menos de setenta e poucos anos. Mas Michelle sentia-se culpada, pensou que o mais correto seria pedir desculpas pra ela. Mas não conseguiu, e então pôs-se a chorar.

— Que foi? — perguntou Amanda.

— Fui tão idiota! — respondeu Michelle.

— Como assim? Calma.

— Te julguei mal! Falei coisas horríveis sobre você esse ano inteiro. Desculpa!

— Esquece isso e dança!

— Me desculpa? — Michelle falou.

— A gente erra, o tempo todo! Só importa o agora, Michelle. Eu já falei mal de muita gente também. Esquece isso e dança!

Então dançaram, olhando para os lábios uma da outra, e para os olhos, bem profundamente, como quem olha para uma Coca-Cola gelada no deserto. Michelle chorou brevemente, mas as lágrimas logo secaram. Amanda as enxugou. E depois do último refrão, se beijaram. As duas mulheres mais lindas do colégio finalmente se encontraram, em um beijo capaz de parar a Segunda Guerra Mundial, num golpe de Kamehameha que nem Goku seria capaz de produzir. Quando terminaram, riram demais; depois provaram o gosto de suas bocas por um tempo. Quando os lábios se desgrudaram, estavam transformadas.

— Ainda bem que você me beijou, eu não teria coragem — Michelle confessou.

— Foi ruim? — quis saber Amanda.

— Foi incrível. — Michelle a beijou mais uma vez. — Desculpe. É que eu precisava saber de uma coisinha.

— E agora sabe?

— Sei.

Quando a música terminou, ouviram o vigia batendo desesperadamente na porta. Acho que exageraram no volume e ele pensou ser um assalto. Michelle correu para abrir, dizendo que estava tudo bem. Claro que o homem não se convenceu, ainda mais depois de sentir o bafo de cerveja das duas. Amanda seduziu o vigia, pedindo para ele não contar nada para a dona. Depois, as duas arrumaram a bagunça, entregaram a chave para ele e caminharam juntas pela rua, até Michelle conseguir um táxi.

— Não acredito que vocês não vão viajar com a gente — disse Amanda — Vamos, ainda dá tempo!

— Tive uma ideia! — anunciou Michelle. — E se fizermos uma festa pré-Porto? A gente cobra a entrada, compra umas bebidas e o que sobrar a gente usa pra pagar a viagem pro André!

— Se ele for, você vai?

— Talvez.

— Tá, mas se ele é tão orgulhoso assim...

— Ele não precisa saber. Deixa comigo.

— Eu topo, mas onde?

— Pode ser em casa, meus avós estão viajando.

— Tem certeza? Acha que a galera toparia? Está meio em cima.

— Ninguém recusaria um convite feito por Amanda Hoffmann — falou Michelle.

Amanda riu.

— Tá. Você compra as bebidas, é a única maior de idade que eu conheço — Michelle completou.

— Eu não sou maior de idade, aquele RG é falso. Mas eu posso usar ele, mesmo assim.

Combinaram o resto dos detalhes e seguiram para suas respectivas casas. A festa seria um dia antes da viagem de formatura, dali a uns três dias, acho, não me lembro bem. Michelle se encarregou dos equipamentos de som, das luzes e da playlist da festa, além de que prometeu para ela mesma que tocaria sua nova canção lá. E claro que eu não soube o propósito da festa, isso foi uma tremenda surpresa. Para mim, tudo não passava de mais uma festa pré-Porto, o mais perto que eu chegaria daquela viagem.

Depois de ouvir a incrível história do encontro da Michelle com a Amanda, o Fifa não tinha mais graça. Eu e o Rafa, então, desistimos do videogame e fomos dormir, como dois adolescentes infantis, discutindo se as duas eram de fato homossexuais. Rafa julgava ser apenas uma aventura, dizendo que aquilo tudo fazia parte da descoberta atrasada dos prazeres, algo normal. De que importava? Elas se mereciam. No fim, as garotas mais incríveis do colégio se conheceram, e eu e o Rafa naufragamos, virgens, com nossas respectivas ilusões em frente a um videogame. O fim do colégio, naquele momento, me pareceu mais patético do que pensei que seria.

No dia seguinte, voltei para casa, e Rafa foi cooptado por Michelle para ajudar nos preparativos da festa. Quando a dona da lanchonete chegou, ainda pela manhã, pensou que o lugar sofrera um assalto. Havia comida por toda a parte e um cheiro insuportável de cerveja amanhecida. Os salgados do dia sumiram e a geladeira fora saqueada. O vigia logo acusou Michelle, que só apareceu mais tarde, para assinar a demissão. Foi uma cena hilária: Michelle teve que assistir a si mesma nos registros da câmera de segurança do lugar, dançando e beijando Amanda, enquanto a patroa gritava de raiva do outro lado da tela, ameaçando chamar a polícia. Michelle contornou a situação, dizendo que se ela chamasse a polícia, seria obrigada a contar os inúmeros episódios em que sofreu assédio lá dentro. Com medo de um processo trabalhista, a patroa fez vista grossa — e a situação ainda saiu barata pra ela.

Michelle pegou o dinheiro que lhe era devido, mostrou o dedo do meio para a mulher e saiu, rindo. Depois de tanto tempo trabalhando naquela bodega, pelo menos levantou uma graninha. Se quisesse, poderia muito bem ir para Porto Seguro com Amanda. Rafa usou o motorista particular e o carro blindado para comprar os preparativos da festa. Foi a primeira e única vez que Michelle entrou com seguranças numa loja de um e noventa e nove. Os chineses das lojas pensavam se tratar de algum casal famoso, até tiraram fotos dos dois. Eu queria ajudar, mas meu pé ainda precisava de descanso e eles trataram de fazer um certo mistério, para não estragar a surpresa. Por sorte, eu estava melhorando rapidamente.

Marlow, nunca estive em um navio, não sei como é a vida em alto mar, como você, mas sinto que nunca precisei.

10

O ensino médio finalmente terminou. Nunca pensei que aquele dia pudesse chegar, mas chegou. Outro dia, eu era uma criança chorando para desgarrar da mão da minha mãe em frente ao jardim de infância; hoje, tenho pelos no rosto, no peito e nas costas, e minha casa é o lugar onde cada vez menos estou presente. Receber aquele canudo azul, de veludo, não representava nada para mim, era apenas um peso a menos em minhas costas.

Minha mãe desabou a chorar quando o diretor proferiu porcamente aquelas palavras, num púlpito torto, de plástico, no canto do palco. Todo ano era a mesma coisa: ele recitava um discurso genérico, que parecia ter sido tirado do site *pensador.com*. Que picareta, puro marketing. Escolas não deveriam ser como empresas, gente não deveria ser negócio. Todo mundo sabia que, no fundo, o diretor se importava com apenas uma coisa: grana. Frases como "Os jovens de hoje serão os adultos de amanhã" e "Pais, mães e amigos presentes, orgulhem-se dessa conquista, pois ela também é de vocês..." eram ditas com a mesma profundidade da de um pires. Como os pais confiavam que um picareta daqueles poderia educar seus filhos? Que piada. Na hora do diploma, uma música do Legião Urbana começou a tocar. Por que, meu Deus? Há vinte anos tocam essa maldita música nessas ocasiões! Existe alguma lei que desconheço que obriga os *boomers* a tocarem Legião Urbana em toda cerimônia, tenho certeza. Os pais não tinham culpa, a banda fazia parte da geração deles, e até cantavam emocionados:

— Temos nosso próprio teeeeeempo — com a voz mais grossa, imitando o timbre do Renato Russo, que já imitava o timbre do Ian Curtis... um desastre. Os alunos que não reclamavam da música, bocejavam. Ninguém queria estar ali — você pode imaginar onde gostaríamos de estar, não é? Só queríamos pegar o maldito diploma e nos mandarmos dali pra festa pré-Porto, aquela que nunca imaginei que pudesse ser organizada por Michelle e Rafa, as duas pessoas mais desconhecidas do colégio.

Durante a entrega dos canudos, conforme éramos chamados no palco, alguns pais arriscavam levantar da cadeira para gritar o nome do filho. Não sei dizer o quanto isso nos deixava envergonhados, mas nada era pior do que aqueles cartazes. Meus pais não levaram cartazes com o meu nome, por sorte. Como as pessoas acreditavam naquilo? A única coisa verdadeira naquele discurso era o fato de que o diretor realmente sentia muito a nossa saída, afinal de contas, eram muitas mensalidades a menos no ano seguinte. Se pudesse, com certeza nos manteria lá por mais vinte anos. Era tanta cara de pau, que, mesmo depois de anos, convivendo conosco, depois de tanto tempo nos olhando nos olhos nas incontáveis broncas na diretoria, mesmo lendo, ele ainda errava o nome dos formandos. O dos inadimplentes não, desses ele sabia de cor. Que piada. A cerimônia de formatura era um teatro obsoleto em que só os pais acreditavam. Não os culpo, tudo bem, faz parte, ano que vem novas cobaias desse método antigo surgirão. Quando eu tiver um filho, provavelmente esquecerei das coisas que escrevi neste livro e irei cometer os mesmos erros de meus bisavós, avós e pais. No futuro, serei eu sentado naquela cadeira vendo meu filho se formar, ouvindo Legião Urbana e achando o máximo.

Sentado na cadeira, assistindo ao cerimonial ridículo da formatura, pensava muito em meu pai. Por ele, valia a pena aturar aquela canção. Ele estava mesmo feliz. Então, atuei como se estivesse tão contente quanto ele. Não queria mais decepcionar meus pais, bastava a rebeldia à toa, por besteira, que cometi durante essas últimas semanas. Apesar de toda a dificuldade, todas as críticas, eles conseguiram; eu estava formado, seja lá o que isso quer dizer. No fundo, me formar era um alívio, mas só porque era um alívio para eles, também: chega de boletos do colégio.

Subi no palco quando chamaram meu nome. Forcei um sorriso amarelo e apertei a mão do diretor. Também parei para as fotos com os professores, individualmente, depois em grupo, por último com os pais... O ritual completo do jovem formando de classe média, vestindo aquela roupa azul aveludada e tudo. Mas fiz como manda o protocolo, até joguei o capelo para cima no final. Por sorte, mesmo depois de tudo, eu tinha Rafa e Michelle ao meu lado, e poderia rir deles quando subissem ao palco, assim como riram de mim. Pensei em quanto eu os amava por terem encarado os anos de escola comigo, e bastava que estivessem ao meu lado para eu me sentir seguro. Não sei porque ficamos tão dependentes de algumas pessoas, mas, sem eles, talvez eu teria fugido numa camionete pela América do Sul logo no primeiro ano do colégio.

Fim do cerimonial. Passada a formatura, nos restava a melhor parte do ano, as férias. Seriam as últimas férias do colégio. Não podia acreditar que nunca mais pisaríamos naquele lugar; estranho mesmo era pensar que, depois de tantos anos, a escola não voltaria em janeiro. *André, acorda! Não é férias, é o fim*, disse uma voz em minha cabeça.

Estava quase tudo pronto para a festa pré-Porto. Amanda criou um grupo de WhatsApp para convidar a galera. Em poucas horas, centenas de confirmados, um descontrole total. A notícia correu rápido e logo todos só falavam disso. Era sábado quando terminei o livro de Conrad. Foram muitas semanas enrolando para terminá-lo, então estava na hora de me despedir de Marlow e guardá-lo. Nunca o esquecerei. Ele estaria bem acompanhado em minha estante, ao lado de Edmond, Raskólnikov, Bentinho, Sherlock, Hamlet, Quixote, Brás Cubas... E tantos outros amigos que me ajudaram a chegar até aqui sem nunca pensar em suicídio. Meus pais estavam em casa naquele dia. Mamãe não foi trabalhar. O céu estava inteiramente azul e o sol invadia nosso apartamento, como quase nunca acontecia. Isso ocorria apenas naquela época específica do ano, quando o sol tocava a face norte do prédio da frente e os raios rebatiam através das janelas espelhadas, deixando tudo mais bonito, recortando os móveis da casa com feixes de luz. A vibe era boa, como dizia Rafa; há tempos não via meu apartamento e minha família assim.

Mamãe bebia um vinho branco enquanto cozinhava e escutava The Smiths, a banda preferida dela; meu pai bebia o mesmo vinho, enquanto trabalhava, cantarolando as canções preferidas dela, que não eram as dele, mas que ele escutava há anos, por ela, e agora na mesa ao lado, frente ao notebook, trabalhando. Depois de meses, ele finalmente conseguiu uma matéria em um portal de música renomado. Meu pai estava de volta ao jogo; sim, voltou a ter cor e brilho nos olhos. O dono do portal prometeu um cargo como editor-chefe na seção de cultura, a depender do sucesso daquelas matérias. Era a esperança dele: finalmente voltar a trabalhar como jornalista, ou melhor, voltar à vida. Nesse tempo todo em que papai esteve sem emprego, aprendi que éramos dependentes da felicidade dele, não do dinheiro; e a felicidade dele era a garantia de que estaríamos em paz. Se meu pai estivesse em paz, então tudo ficaria bem.

O clima era espantosamente agradável, como sempre era quando eles não estavam preocupados com empréstimos, contas e taxas de juros, as malditas taxas abusivas, dos malditos bancos, essa gente sórdida que... Deixa pra lá. Há muito não sentia vontade de abraçá-los, de comemorar o nada, de sentar à mesa com eles, batendo talher, comendo frango com as mãos e falando alto, devorando a sobremesa que minha avó ensinou ao meu pai e que foi ensinada a ela por minha bisa, ainda quando criança; e todos nós falando sobre coisas banais, previsões tolas, filmes ruins, meus planos de me tornar um escritor, talvez roteirista de cinema, e as possíveis viagens que um dia faríamos, mesmo sem saber como pagá-las, pois eu morreria de fome se me tornasse escritor ou roteirista. Nunca invejei a vida dos milionários, pobre é aquele que precisa de muito, eu apenas sonhava com o dia em que os dias fossem todos como aquele sábado, aquele estado de exceção chamado felicidade, em que, por um momento, eu não via mais meu pai se humilhar perante o mundo por causa de dinheiro. Apesar dos bancos e das dívidas, naquele dia estávamos felizes. Quando passei por ele, enquanto ajudava minha mãe na cozinha, vi a foto do Evandro Mesquita na tela do computador. Depois de tantos sinais, não seria esse que eu iria ignorar.

— Esse não é o Evandro Mesquita? — perguntei.

— Isso — respondeu meu pai.

— A Michelle ama ele.

— Eu sei, ela me disse uma vez.

— Ela foi no show dele, esses dias, no Ibirapuera.

— Eu queria ter ido com a sua mãe, ele nos mandou um par de ingressos, mas eu estava tão ocupado com a matéria que....

— Calma aí, você conhece o Evandro Mesquita? — falei, atônito.

— Conheço, oras.

— Por que nunca me disse?

— Quer dizer, não é meu amigo íntimo, mas conheço. Essa não é a primeira entrevista que faço com ele. Caramba, André, depois de tantos anos na coluna de cultura do jornal, você não sabia...

O ídolo de Michelle estava a um passo de mim, e meu pai fez uma entrevista com ele, durante a estadia de Evandro na cidade. Claro! *Puta que pariu, tive uma ideia!* — dessas que deixariam Rafa com inveja.

— Ele ainda está em São Paulo? — perguntei.

— Acho que sim, por quê?

— Sabe o hotel onde ele está?

— Sei, estive lá ontem, durante a entrevista... André, dá pra você me explicar de uma vez por todas o que está acontecendo?

— Depois eu te explico.

— Tudo bem. Depois você explica, depois você janta, depois você conta, depois, depois. Quando o depois chegar, talvez você não tenha mais tempo de nos contar nada!

— Está tudo bem, pai, é só que...

— Relaxa, vai lá. É que, depois, já passou, não dá mais tempo.

Ele balançou a cabeça e voltou a escrever. Permaneci em silêncio. Pensei em quão rápido a vida acontece. Se todo o colégio passou como se fosse um clipe em minha cabeça, então pensei que em um piscar de olhos estaria velho, adulto, chato. E perderia meus pais. Então decidi: se fosse para apanhar ainda mais da vida, que fosse ao lado deles, com ou sem dinheiro, bem perto, o máximo que pudesse. Não como esses filhos que criam asas e nunca mais voltam para ver como está o ninho. Eu me sinto pronto para decolar, tenho asas fortes, mas saberei sempre voltar a favor do vento, porque envelhecer não tem a ver com o voo, mas com o vento, porque sei que seria para sempre forte se os tivesse ao meu lado. Lembrei o quão babaca fui com meus pais naquele ano; aliás, fui babaca com tanta gente... Embora morando no mesmo teto, quase não estive por perto, quase não os ouvi. Pensava que a melhor maneira de enfrentar os desafios do mundo adulto era nunca me tornar um, por isso fugi. *Mas eu estava pronto*, pensava. Os avós de Michelle sempre diziam que tornar-se adulto é como andar de bicicleta, se você não largar as rodinhas, nunca estará pronto. Mas eu esquecera que quem segura a bicicleta são justamente os nossos pais.

Depois de decepcionar as pessoas mais importantes da minha vida, era a hora de retirar as malditas rodinhas e crescer.

— Podemos conversar? — falei ao meu pai.

Ele olhou para minha mãe, que pegou a taça de vinho e saiu, deixando os dois homens a sós. Apenas com uma frase, ela sabia que seria uma conversa entre cavalheiros. E precisávamos muito daquela conversa. Claro que conversaria com ela, também, mas algumas coisas precisavam ser ditas de homem para homem. Meu queixo tremia, as mãos suavam. Sentia tanta admiração por aquele cara que eu não seria capaz de reconhecer meus erros sem estar nervoso perto dele. Quanto mais eu sabia da vida, mais o admirava. Evitava olhar em seus olhos.

Papai percebeu meu nervosismo, levantou meu queixo e pegou uma taça de vinho; depois me serviu. Era a primeira vez que bebíamos juntos. Servir vinho para mim significava que o homem mais foda do mundo me considerava pronto para beber, um ritual simples, mas muito simbólico na vida de um homem. Agora, meu pai me reconhecia como um adulto, finalmente apto a dividir uma garrafa de vinho com ele. Eu era o Jedi recebendo o sabre de luz de seu mestre. Tentei balbuciar algumas palavras, mas não consegui, estava tão frágil... Bebi o primeiro gole de vinho e me acalmei. *Então é por isso que os homens bebem?*, refleti. Era um vinho delicioso, até porque não pude me lembrar de qualquer outro, tampouco de saber a diferença entre um bom e um ruim. Mas bebi mais alguns goles, sem dizer nenhuma palavra, apenas ouvindo. O efeito do álcool logo me atingiu, um calor vindo do estômago para o resto de meu corpo. Meu pai, então, propôs um brinde.

Estava tudo nas entrelinhas, nada precisava ser dito, era um brinde e pronto. Minha taça acabou e ele logo serviu mais. Conversamos até o dia cair por entre os prédios, coisa rara naquele edifício.

— Apesar da vista de concreto, vamos fingir estar numa praia, como se estivéssemos rodeados de areia, sentados na pedra gigante em que costumávamos ver o sol cair, de frente pro mar, em Ubatuba. Um brinde aos meus últimos dias como menor impúbere! — enunciei, animado.

Ao olhar para meu pai, vi a imagem de um jovem de barba branca, nascido há muito tempo; um que também já sofreu por amor, já temeu o fracasso e já decepcionou muitos amigos. Por isso, era capaz de me entender. O que eu sentia não era patológico, era apenas minha juventude dando sinais de que não aguentaria por muito tempo mais estar presa no corpo de um homem, assim como a juventude de Marlow, que partiu jovem, e nunca retornaria ao cais. Era chegada a minha vez, e me tornei, naquele momento, um ridículo, um sério, um pagador de impostos. E eu, que pensava não ter motivos para comemorar o fim do colégio, no clima de virar adulto, mudei de ideia; eu tinha todos os motivos, estava vivo.

Enquanto papai e eu bebíamos e ríamos, Rafa ajudava Michelle com os preparativos da festa. Dizem que ele torrou o cartão de crédito do pai nisso. A casa dos avós de Michelle se transformou em uma dessas residências de filmes americanos, em que os jovens da universidade decidem fazer uma *house party* escondido dos adultos.

Rafa pendurava a decoração pela casa quando a campainha tocou. Era Amanda, que chegou com algumas amigas para ajudar nos preparativos. Rafa não acreditava no que via.

Para um gordinho aloprado do colégio, ele estava muito bem na fita. E Michelle estava irreconhecível, harmonizando perfeitamente com as meninas que odiou durante todo o colegial — inclusive Giovanna, com quem fez as pazes. *Talvez não tenha sido uma boa ideia reunir os jovens do terceiro ano num mesmo lugar, cheio de bebidas e som alto*, pensou Rafa. Imaginou aquela charmosa casa de vó completamente destruída, cheirando a mijo e álcool. Era muita diferença, muito hormônio, muito tudo. Como quase nunca acontecia, Rafa estava certo. Para piorar, viu uma foto dos avós de Michelle, ela ainda criança, no colo. Sentiu-se culpado por organizar a festa que destruiria aquele lar de velhinhos fofos. Tentou ser responsável ao menos uma vez na vida e disse:

— Mi, posso falar com você?

— Fala — respondeu Michelle.

— Seus avós vão te matar.

— Não se eles não souberem.

— Você não tá entendendo. Elas são as meninas mais populares do colégio, talvez da cidade. Devem ter convidado a escola inteira!

— E o que tem?

— Já viu aqueles filmes americanos, quando os jovens decidem fazer uma *house party* escondida dos pais? Então, nunca termina bem, a casa sempre fica destruída no final. Quando os donos descobrem é tarde demais, já tem polícia, briga...

— Relaxa, Rafael. Eu sei o que estou fazendo.

— Não, você não sabe. Já imaginou o colégio inteiro dentro dessa casa? Imagine as pessoas transando no quarto da sua avó, abrindo tua geladeira, mijando na grama, vomitando na coleção de futebol de botão do seu avô!

— Rafa, em quantas festas pré-Porto você já foi?

— Nenhuma.

— Então, relaxa. Isso é coisa de filme. Não vai acontecer nada, nós trancamos os quartos.

— Tá.

— Agora vai pra casa, se troca e volta como convidado. Agora é hora das meninas, ok?

— Tá bom.

— Tem certeza de que o André não vai desconfiar de nada, né?

— Relaxa, Mi. Ele tá em casa, com os pais, parece que eles finalmente se entenderam.

— Que bom, que bom...

Desde que você, leitor, desistiu de deixar este livro na prateleira da livraria, ali no começo, como sugerido nas primeiras páginas, nada do que aconteceu se parece com o início da história, não é mesmo? Eu, que era alucinado pela Amanda, já não a amava mais. Amanda, que supostamente estava apaixonada por Fábio, dizia estar apaixonada por mim. E Rafa, bom... apesar de se declarar para Michelle, Rafa não se importava com quem ficaria no final, só queria perder a virgindade e curtir a vida em Porto.

Voltando à conversa com meu pai, depois que ele me mostrou o hotel em que Evandro Mesquita estava hospedado, tratei de stalkear o ídolo de Michelle para descobrir onde ele estaria naquele sábado. Em seguida, liguei para Pedrogas, a única pessoa sem responsabilidade e com carteira de motorista que eu conhecia. Rafa queria que eu o encontrasse mais tarde, na casa dele, para ajudar a escolher a roupa que usaria na festa. Então, combinamos assim, e Pedrogas topou tudo sem questionar: ele me buscaria mais tarde, na casa de Rafa, que não fazia a menor ideia do meu plano. Mesmo sendo meu melhor amigo, eu não poderia correr o risco de Michelle descobrir a surpresa que eu tramava. Pronto para a festa, passei no quarto do meus pais para me despedir.

— Ué, mas já? Não está cedo? — falou minha mãe.

— Vou passar no Rafa antes, ele quer ajuda para escolher a roupa — respondi.

— É a cara do Rafa — disse meu pai.

— Você está um gato. Só fiz um filho na vida, mas fiz direito, hein? — disse minha mãe.

— Toma cuidado, filho. Vê se não bebe... muito.

— Pode deixar.

— Não quer mesmo que a gente te leve?

— Não precisa, mãe. Tchau, fui.

Quando estava quase saindo, mamãe gritou:

— André! Boa sorte com a Michelle.

Como ela sabia? Parece coisa de bruxa, né? Coisa de mãe.

Segui para a casa do Rafa, que ficava num bairro luxuoso da cidade. O irmão dele atendeu a porta. Como é possível nascerem duas pessoas tão diferentes da mesma barriga e do mesmo saco?

— Oi, Vini. Tudo bem? Combinei de encontrar o Rafa. Ele tá aí? — perguntei ao irmão de Rafa.

— Ele não tá — respondeu o idiota.

— Tem certeza? A gente combinou de se encontrar...

— Quer entrar pra procurar, cacete?

— Não, imagina, é que...

Vini bateu a porta na minha cara. Depois de cinco segundos, a porta se abriu novamente. Era o Rafael.

— Entra aí. Foi mal, tava no quarto jogando um play — se explicou Rafa.

— Seu irmão é um pau no cu — comentei, baixinho.

— Sério? Nunca percebi.

Seguimos para o quarto de Rafa. Um quarto imenso, daqueles de novela, mas muito bagunçado. Havia sujeira de pizza por todos os cantos e uma caixa engordurada em cima da mesa de cabeceira.

— Quer pizza?

— Você já não tinha jantado?

— Já.

— Então para de comer, Rafa. Isso é ansiedade pura — falei, firme.

Enquanto ele separava algumas roupas, comia compulsivamente.

— O que acha dessa?

— Sei lá, se você gosta.

— Fala, André! A gente tá atrasado.

— Tá legal!

Ficamos em silêncio.

— Que foi?

— Tenho que passar em um lugar antes.

— Tá. Onde?

— Vai indo pra festa, depois te encontro.

— Tá me tirando, né? Vou com você, porra.

— É surpresa.

— Fala logo, André. Você sabe que eu odeio surpresas.

— Mas não é pra você a surpresa.

— Tô começando a ficar preocupado. Você não vai comprar drogas, né?

— Rafa, relaxa. Pela primeira vez na vida acho que estou fazendo tudo certo, mesmo sendo algo bem errado.

— Isso não faz o menor sentido.

— Eu sei.

— Acho que vou com essa, que tal?

— Você me chamou aqui pra escolher uma camiseta básica e uma calça jeans?

— Eu pensei que iríamos juntos.

— Você é mais ousado que isso, vai. A roupa é uma extensão nossa, daquilo que estamos sentindo. O que você está sentindo? Expresse isso na roupa.

— Depois de tanta pizza... sinto uma puta vontade de cagar. Devo ir de marrom?

— Me poupe, Rafael. Tô falando sério.

— Eu também. Estou nervoso, com muita vontade de cagar, nunca fui numa festa pré-Porto. Tô pensando seriamente em desistir. Vou logo de amarelo?

— Relaxa, meu!

— E se eu não pegar ninguém, de novo?

— É preciso estar distraído pra que a carta chegue.

— Dá pra falar português, porra?

— É poesia. Significa que se você não pensar nisso, uma hora acontece. Você fica tão preocupado em perder a virg...

— Fala baixo, meu irmão não sabe!

— Tá bem, desculpa.

— Você parece um expert falando. Quem vê pensa que transa todo dia. Nossa. Agora é sério, essa pizza não me fez bem. Vou ao banheiro.

Meu celular vibrou. Era o Pedrogas, mandando mensagem.

— Minha carona chegou. A gente se vê lá.

Rafa gritou do banheiro:

— Se a Michelle perguntar de você, o que eu falo?

— Que talvez me atrase.

— Ela vai ficar muito puta. Se eu fosse você iria direto pra festa, acho que você não tá com tanta moral assim.

— Isso vai mudar hoje! Fui.

— André, peraí! Me explica, filho da puta!

Passei pela sala e encontrei Pedrogas conversando com o irmão de Rafa. Pedrogas convidou o Vini para ir com a gente, mas ele não quis, disse que não frequentava festas de pivetes. Por sorte, escapamos dessa. Pedrogas disse que só ia mesmo pelas garotas — mentira, ele ia porque era infantil demais para sair com gente mais velha e se sentir bem. Enquanto Rafa resolvia seu problema intestinal, entrei no carro de Pedrogas. A casa de Michelle estava pronta, os convidados estavam chegando. A decoração era incrível, cheia de neon, nem parecia o lar de um casal de idosos e sua netinha virgem.

Amanda e as amigas combinaram de se arrumar na casa de Michelle, que nunca tinha se arrumado para uma festa antes. Sentia-se insegura por não saber algumas coisas que, supostamente, aos olhos de Amanda e das amigas, toda menina deveria saber fazer. Mas, o fato é: Amanda e as amigas faziam aquele ritual feminino com maestria, e Michelle se sentia pressionada a fazer também. Maquiagens elaboradas, penteados da moda... Amanda sabia de tudo isso, e fez com que Michelle se sentisse um ET usando batom pela primeira vez.

— Ei, vamos. Você é a dona da casa, não pode se atrasar — disse Amanda.

— Relaxa, eu me arrumo em dez minutos — Michelle falou.

Amanda caiu na gargalhada.

— Nem morta eu deixaria você se arrumar em dez minutos. É a festa mais importante do ano.

— Sério, eu quase não uso maquiagem e minha roupa é super de boa: uma calça, uma camisetinha básica...

— Também falo sério, não vou deixar você usar calça nessa festa. Vem, eu trouxe várias opções bem safadas, devem servir.

Amanda a arrastou até o quarto, onde as meninas se arrumavam.

— Amanda, sério, eu nem sei passar maquiagem.

— Michelle, só relaxa! Meninas, alguém traz uma bebida pra ela? Vai, senta aí e cala a boca.

Michelle ficou impressionada com o profissionalismo delas, seu quarto se transformou no camarim da Greta Garbo.

— Caralho! Vocês têm um salão de beleza portátil?

— Senta aqui — disse Amanda novamente.

No carro, com Pedrogas, ouvíamos muitas músicas. Não pensei que fosse tão divertido cometer um crime. Sim, um crime. Eu já estava chapado com a fumaça de maconha que lotava o carro, outra vez. Porém, agora não pirei, mantive o controle. Tratei de aproveitar ao máximo aquela sensação de leveza. Era bom não ser maconheiro, mas curtir o efeito da erva mesmo assim.

Finalmente chegamos ao destino: o hotel de Evandro Mesquita.

— Ele tá aqui? — perguntou Pedrogas.

— Acho que sim.

— Você falou que sabia onde era.

— Falei que sabia onde ficava o hotel, não que ele estaria aqui.

— Se eu for preso, por favor, não conta pro meu pai.

— Ninguém vai ser preso. No máximo viraremos notícia.

— Sequestro é crime, André.

— Trouxe a arma?

— Sim, tá embaixo do banco.

— Me dá.

Pedrogas me entregou a arma. Estava muito pesada.

— Tá carregada?

— Sim.

— Que merda, por que fez isso?

— O que a gente faz agora? — Pedrogas falou, um tanto em pânico.

— Esperamos.

— Não acha melhor ligar para a recepção?

— Boa ideia!

Liguei para a recepção, forçando minha voz para ficar um pouco mais grossa, com sotaque carioca, a fim de parecer algum amigo de Evandro:

— Oi! Alô? Oi, querida, por favor, a senhora pode avisar pro Evandro que o motorista dele já está na entrada do hotel? Não estou conseguindo falar com ele pelo celular... Obrigado.

Pedrogas riu da minha imitação.

— Como você sabe que ele está esperando o motorista?

— Eu vi no Instagram que ele vai embora hoje.

— Agora entendi porque mandou eu vir de terno.

Evandro demorou para descer. Pedrogas já estava dormindo, com o banco reclinado. Estava quase me rendendo, decidindo abandonar o plano. Evandro não seria capaz de acreditar naquilo, que ideia horrível. Além do mais, estávamos atrasados para a festa. Ligamos o carro, arrumamos os bancos e nos preparamos para ir embora. Mas, eis que um homem surge na portaria do hotel.

— Ali, Pedrogas! É ele ali, ó. Chega devagar. Vai logo. Vai, vai! Desce do carro pra ajudar com a mala e finge que é o motorista.

— E você? Não vai fazer nada?

— Vou me esconder.

— Legal! Filho da puta.

Me abaixei para não ser visto. Pedro desceu do carro para ajudá-lo com a bagagem. Evandro estava ao celular e não conseguiu falar direito com Pedro.

— Boa noite, seu Evandro.

— Oi, boa noite. Espera aí, amor — disse Evandro, ao telefone.

— Oi, querido. Cadê o Benê?

— Ele não pôde vir. Eu sou o sobrinho dele, trabalho na empresa também.

— Ah, tá bom. Tá bom. Não, amor, vou direto pro aeroporto tentar adiantar o voo, eles cancelaram o almoço de amanhã...

Evandro achou aquilo esquisito, mas seguiu falando ao telefone. Pelo que entendi, ele estava mesmo de saída, pretendia adiantar o voo indo diretamente ao aeroporto.

Pedro abriu a porta para ele. Quando Evandro entrou, logo me viu. Percebeu que algo estava errado, por que dois motoristas? Tentou sair do carro, mas travei as portas na hora certa, antes que ele pudesse fugir.

— Vai, vai. Acelera! — ordenei.

Logo saímos com o carro, cantando pneu, como Pedrogas sempre fazia.

— Boa noite, Evandro — saudei.

— Peguem o que vocês quiserem, mas não façam nada comigo — Evandro falou, calmamente. — Só quero ir pra casa.

Peguem o que vocês quiserem, tem uns doces importados que o pessoal do Fasano me deu...

— Relaxa, Evandro. Não queremos nada, não vamos encostar em você. E isso não é muito bem um sequestro — acalmei o homem.

— Como assim?

— É um convite forçado — completou Pedrogas.

— Mas se você se mexer, a gente te mata! — afirmei, apontando a arma.

— Cuidado, tá carregada!

— Cala a boca, Pedro, eu sei usar isso desde pivete.

— Não é pra falar meu nome. Caralho, André!

— Puts, desculpa.

— Galera, não precisa da arma, numa boa — disse Evandro.

Foi quando senti minha mão úmida e apertei o gatilho para testar, pena que espirrei água nas lentes dos óculos de Evandro, que logo se tranquilizou.

— É só tirar a água aqui por cima, ó — Pedro demonstrou para nós.

— Tá, dirige aí. Evandro, é o seguinte: minha melhor amiga é a maior fã de Blitz que você vai conhecer. E ela tá fazendo uma festa hoje. Eu fui um idiota com ela durante este ano inteiro, fiz um monte de cagadas, e nunca disse o que sentia por ela. Na verdade, eu nem sabia direito o que sentia, mas eu a amo. Então, queria te levar pra fazer uma surpresa e consertar tudo isso. O que acha? — confessei.

— Cara, por que não deu flores? Tenho cara de quê?

— Você não tem noção do quanto ela te ama. Ela gosta mais da Blitz do que de mim; com certeza gosta da banda muito mais do que de flores. Não precisa ficar muito tempo, prometo. É só dar um oi e ir embora. A gente paga um Uber Black para você depois.

Aos poucos, Evandro foi confiando na gente — principalmente depois que contei que meu pai era o famoso repórter de cultura de um renomado jornal. Além do mais, ele considerou a causa legítima. Apesar de não gostar muito da ideia de um sequestro, achou a ideia ousada e aceitou dar uma passada na festa. Evandro tinha o celular em mãos, poderia facilmente chamar a polícia, mas não fez isso. Tudo estava dando certo, mas Evandro se surpreendeu mesmo quando coloquei minha playlist pra tocar. Que cena aleatória. Enquanto a música de Erasmo e Roberto Carlos tocava, cantávamos juntos, felizes, a cem por hora na Marginal, no sequestro mais divertido que já vi:

Se você pretende saber quem eu sou
Eu posso lhe dizer
Entre no meu carro na Estrada de Santos
E você vai me conhecer
Você vai pensar que eu
Não gosto nem mesmo de mim
E que na minha idade
Só a velocidade anda junto a mim
Só ando sozinho e no meu caminho
O tempo é cada vez menor
Preciso de ajuda, por favor, me acuda
Eu vivo muito só
Se acaso numa curva
Eu me lembro do meu mundo
Eu piso mais fundo, corrijo num segundo

Não posso parar
Eu prefiro as curvas da Estrada de Santos
Onde eu tento esquecer
Um amor que eu tive e vi pelo espelho
Na distância se perder
Mas se amor que eu perdi
Eu novamente encontrar, oh
As curvas se acabam e na Estrada de Santos
Não vou mais passar

Cantar Roberto Carlos ao lado de Evandro Mesquita foi épico. Que dia, senhoras e senhores. Que dia.

Enquanto isso, na festa, as pessoas ocupavam todos os cômodos da casa, com exceção dos quartos, que estavam trancados. O som estava bem alto, dava pra escutar da rua. E havia muita bebida. Michelle e Amanda ainda terminavam de se arrumar. Enquanto isso, as outras garotas recepcionavam a galera. Dois dos garotos mais fortes do colégio faziam a segurança da festa; Amanda combinou que daria uma grana para eles não deixarem ninguém entrar sem pagar. Dito e feito: o caixa estava abarrotado de dinheiro, e a fila, imensa. Rafa chegou cedo, mas estava deslocado, nervoso, bebendo para driblar a timidez. Conforme ficava mais alcoolizado, soltava mais o corpo, o que melhorava um pouco o gingado. Ao primeiro sinal, correu para perguntar sobre Michelle.

— A Michelle ainda está no quarto?

— Sim. Está terminando de se arrumar — respondeu Giovanna.

— Tem certeza de que está tudo bem? Ela não costuma demorar muito, e tá lá dentro há horas!

— Relaxa, Rafa. Vem, vamos pegar uma bebida.

Rafa só pensava na possibilidade de beijar uma garota, não importava quem. Pensou que poderia ser Giovanna. Chegaram na cozinha para pegar uma bebida, mas alguém logo chamou a atenção da garota, que o deixou sozinho, plantado, com o copo na mão. Pessoas entravam para pegar bebidas na geladeira e não o notavam. Desiludido, passou a vagar pela casa, meio aturdido, olhando as fotos de Michelle nos porta-retratos espalhados pelos cômodos. Só pensava que não poderia terminar o colégio sem ficar com alguém, isso fazia ele se sentir um pouco menos homem do que os outros homens. E Michelle era a única mulher com quem tinha afinidade naquela festa. Rafael confundia o efeito do álcool com paixão, e logo bolou um plano. Estava decidido a se declarar para a nossa melhor amiga na festa, já que ela também não iria para Porto, e dificilmente ficaria com alguém, já que ela era tão invisível quanto eu e ele. Rafa só não imaginava, é claro, que desejávamos a mesma garota. Vagando pela casa, sozinho, esperando Michelle, ele ensaiava o que diria quando a encontrasse.

— Oi. Eu sei que a gente começou errado, Mi... E eu demorei muito pra falar e, talvez, seja tarde demais, já que nossas vidas mudarão completamente ano que vem. Sabe que eu virei fã de Blitz por sua causa, né? Foi uma conexão musical forte... E... Você adora música, né? Por isso que foi musical... Que bosta, Rafael!

Amanda finalmente apareceu, procurando algo nos armários.

— Cadê a Michelle? Já tá pronta? — perguntou Rafa.

— Não apressa. Ela tá nervosa. E, quando ela descer, não quero um pio sobre a roupa dela, ok? Ah, o André chegou?

— Ainda não, mas...

Antes que Rafa pudesse terminar, Amanda saiu. Nesse momento, Pedrogas estacionava o carro na festa. Evandro ficou impressionado com o volume do som — confesso que eu também. Me senti um pouco nervoso, nunca fui numa festa assim antes. Entrando na casa, percebi que o Pedrogas era mais famoso que o Evandro Mesquita, e parava para cumprimentar todos que passavam por nós. Rafa logo nos viu e cruzou correndo aquele mar de gente, esbarrando em todos. Se aproximou de Evandro, incrédulo, e lhe deu um abraço, como se o conhecesse a anos — estava muito bêbado.

— Puta que pariu! Você trouxe o Evandro Mesquita pra uma festa pré-Porto. Isso sim é épico! — disse Rafa.

Evandro ficou feliz em ser reconhecido.

— Queria ser bom assim com as mulheres.

— Evandro, esse é o Rafa, meu melhor amigo.

— Prazer, querido. Você que vai pegar uma cerveja pra mim?

— A gente já se conhece. Fui no teu show!

Rafa abriu o celular e mostrou a foto que tirou com Evandro.

— Demais! — Evandro falou.

— Essa é a minha amiga, a dona da festa, sua maior fã — continuou Rafa, apontando para a foto de Michelle.

Adentramos mais pela casa. Pedrogas já estava com os caras do time, todo enturmado.

— Pode ficar à vontade. Eu vou pegar uma cerveja pra você. Mas entra aí, invade tudo, deita no sofá, quebra uma guitarra. Você é o Evandro Mesquita, porra! — disse Rafa.

— Valeu, garoto.

Evandro, então, vagou sozinho pela festa. Segui com Rafa para a cozinha. Pedrogas logo se juntou a Evandro, como se fossem amigos de longa data. Uma cena bem improvável.

— Por que você não me falou nada? Eu podia ter te ajudado.

— Você é fofoqueiro, Rafa, ia contar para a Michelle — respondi.

— Pior que eu sou mesmo. Tá, foda-se. Me ajuda com uma coisa? Eu pensei em anunciar um show dos dois, tipo os caras no Oscar, aí a galera vai gritar pedindo discurso e eu...

— Como você sabe que vão gritar pedindo discurso? — interrompi.

— As pessoas sempre fazem isso pra ver quem está no palco passar vergonha, ainda mais comigo. Mas aí é que tá, eu vou ter um discurso pronto e parecerei um cara foda e seguro. E você vai me ajudar. Eu vou me declarar pra ela e aí sim poderei...

— Ela quem? — interrompi, outra vez.

— Michelle, ué. Eu sou péssimo com palavras. Sério, me ajuda. Você sempre diz umas palavras difíceis, que impressionam. Pensa em alguma delas.

— Fala o que você está sentindo na hora. Se você estiver verdadeiramente apaixonado, vai dar certo.

— Verdadeiramente apaixonado! É isso. Preciso de frases assim.

— Mas você está?

— O quê?

— Apaixonado?

— Claro que não. Quer dizer, não sei. Como faço para saber?

— Se você não sabe, não está. O amor te dá certezas, não dúvidas. Se você não ama mais, certamente terá dúvidas.

— Não entendi nada. Mas isso é ótimo. "O amor te dá certezas, não dúvidas..." — Rafa repetiu, anotando no celular o que eu dizia.

— Você está bêbado?

— Alguém aqui não está? Você deveria estar também, é a última festa do ano. Para de se levar a sério um pouco.

— Agora não, não posso fazer nenhuma merda.

— É a festa pré-Porto, caramba! Dia de fazer merda.

— Não, não posso fazer nenhuma merda hoje. E não quero que você brinque com os sentimentos de Michelle.

— Cala a boca.

— Estou falando sério.

— Você fez isso o ano inteiro!

— Rafael, você acha que ela tá afim de você?

— Rolou mó clima entre a gente no show.

— Ouvi dizer que ela te dispensou.

— Exato! E porque acha que fez isso? Puro charme! Mulheres fazem isso o tempo todo.

— Já pensou que talvez ela não queira mesmo?

— Você já pegou a Amanda Hoffmann?

— Não.

— Já pensou que talvez ela não queira mesmo?

— É diferente, Rafael.

— Claro, com você tudo é diferente.

— Você vai pra Porto! Só pensa em perder a virgindade, fazer uma orgia no quarto. E tudo bem desejar isso. Mas deixe a Michelle fora disso, talvez ela mereça alguém que não a abandone no dia seguinte para festejar na Bahia. Se você quer alguém só pra provar para você mesmo que consegue conquistar uma mulher e perder a virgindade, deixe ela em paz. Mas, se você a ama, vai fundo.

— Já entendi tudo. Você é mesmo um egoísta. Claro, como eu nunca percebi, você tá afim dela.

— Para, você está bêbado.

— Mas não estou burro. Te ajudei o ano inteiro pra conseguir ficar com a Amanda Hoffman. Perdi a chance de estudar como deveria para as provas de recuperação pra ficar jogando bola com você naquela maldita quadrinha. Agora, quando te peço uma ajuda, você vem com sua opinião julgadora, dizendo o que é certo e o que é errado. Você é um cretino.

— Eu só quero preservar a Michelle! Você não entende o quanto ela é especial?

— Você tá cagando pra Michelle. Só pensa em si mesmo. Você fala em não brincar com o sentimento das pessoas, mas agora que a Amanda Hoffmann está gostando de você, desiste dela e decide gostar da Michelle. Isso não é a porra de um livro de aventura! Você é mesmo um puta egoísta, a Michelle estava certa, só as suas vontades importam. Mas, desta vez, eu não vou fazer o que você quer. Escuta só: se eu quero ficar com alguém, sem compromisso, eu tenho esse direito. E se essa pessoa for a Michelle, dane-se! Eu te disse: você poderia ficar com quem quisesse, inclusive a Michelle, se não tivesse essa fixação infantil pela mina mais gostosa do colégio. Mas você preferiu mentir pra todo mundo e fingir que era jogador de futebol!

Enquanto Rafa desabafava, em alto e bom tom, Fábio passou por nós.

— Fala baixo, Rafael — sussurrei.

— Fala baixo porra nenhuma! Você acha que as pessoas existem para satisfazer as suas vontades, que mudam o tempo todo. Sabe qual é? Deixa a Michelle fora disso, ok? Amanhã você vai e se apaixona por outra, depois por outra... É mais honesto dizer a verdade e assumir que não pretende ter compromisso do que mudar de ideia o tempo todo. Qual o problema em dar uns beijos nela? Tá tudo bem... É possível não se apaixonar e ser verdadeiro com as pessoas, entendeu, André?

— Parece que você já tem um ótimo discurso, Rafael.

— Vai se foder! Não precisa me ajudar com nada! — encerrou ele, virando o copo de bebida.

Rafa pegou algo na geladeira e levou para o Evandro. Saiu tropeçando, completamente fora de si, e me deixou falando sozinho. Apesar de estar fora de controle, Rafa tinha razão: se eu amava tanto Michelle, devia deixá-la longe de minhas afobações. Muito em breve, nossas vidas mudariam para sempre, e eu nem sei se ainda seríamos amigos depois daqueles dias. E se nossos destinos fossem para lados opostos, como quase sempre acontece? Tantas amizades só duram até o fim do colégio... Michelle tinha o sonho de ir estudar fora do país. Ela merecia um futuro longe daqui, e alguém legal ao seu lado.

Ao tentar melhorar o final de minha história no terceiro ano do colégio, acabei por piorar tudo. Como se não bastasse ter sequestrado um cantor famoso, Amanda Hoffmann esperava uma atitude minha. Todo mundo que cruzava meu caminho saía decepcionado de alguma forma. Não tinha mais como fugir, estávamos todos na mesma festa; e eu precisava dizer para Amanda, sem rodeios, que estava enganado sobre o que sentia. Vaguei pela festa durante algum tempo, sem Rafa, esperando Michelle descer. Ao contrário dele, eu estava completamente sóbrio, calculista, tentando criar sentido para aquela situação. Acontece que aquele não era o momento para se levar a sério, como disse Rafa. Noutro dia éramos os invisíveis do colégio, então que caralhos fazíamos ali naquela festa?

Assim que me viram, os caras do time me incluíram na roda e fui tratado como um rei. Eles brincavam de atirar uma bolinha de ping-pong em copos de plástico, vestidos com as jaquetas da equipe de futebol, como se estivessem em uma competição. Quem errasse a bolinha para fora do copo, deveria tomar um shot de alguma bebida. Não sabia, até aquele momento, mas aquele era o famoso *beer pong* dos filmes americanos. Logo os meninos insistiram para que eu participasse. E eu topei. Em poucos minutos, já estava zonzo de tanto errar as bolinhas e virar copos de bebida. As garotas me abraçavam e dançavam ao meu lado, eram meus últimos momentos como um astro. Dali em diante, tudo sairia do controle. Pedrogas apareceu em minha frente, completamente louco, abraçado com algumas garotas. Couto, o antigo goleiro, não saia de perto de Fábio, usando uma tipoia, enquanto falava no ouvido do capitão, um pouco afastados da brincadeira. Não sei se era defeito de percepção, mas, os dois me olhavam de maneira estranha, como se desconfiassem de algo.

A festa tinha virado um caos, estávamos todos muitas doses acima do resto da humanidade. Rafa me olhava com raiva; Couto me olhava com raiva; Fábio me olhava com raiva. Vi Rafa caminhando em zigue-zague, tropeçando por entre as pessoas, falando sozinho; estava suado, endiabrado, pulando em cima dos móveis da casa e jogando bebida nas pessoas. A qualquer momento arranjaria uma confusão, estava na cara.

Quer saber? Por que manter tudo o tempo todo sob controle?, pensei. Virei mais alguns copos de bebida, mesmo sem errar a bolinha. E antes mesmo de Michelle aparecer, já estávamos endiabrados. Ela estava muito atrasada, mas ninguém se importava, nem a conheciam — tampouco imaginavam que era a dona da casa. Perguntei dela várias vezes, mas as garotas sempre me diziam que Michelle estava com Amanda, trancada no quarto. Estava bêbado e preocupado. Pedi ajuda de Pedrogas para enrolar Evandro, que se movimentava pela casa, impaciente, usando o telefone celular, com cara de quem está louco para ir embora da festa. Tive medo de que ele chamasse a polícia e acabasse com tudo.

Michelle estava tendo um ataque de ansiedade e não conseguia sair do quarto. Travou completamente. Tentei bater na porta algumas vezes, mas sempre me mandavam embora, como se algo muito grave estivesse acontecendo. Em determinado momento, quando percebeu que aquela festa não terminaria bem, que Michelle nunca apareceria, Evandro se aproximou de mim e disse que precisava ir embora. Eu implorei para que ele ficasse, disse que a dona da festa estava descendo e que depois ele estaria livre. Fiz uma cena dramática dizendo que arrisquei toda minha vida por ela; então, ele aceitou ficar mais um pouco. Só um verdadeiro astro de rock faria aquilo por alguém. O levei até a cozinha e disse para que ficasse à vontade. Ele escolheu a bebida menos pior da geladeira, pensando no tamanho da furada em que se meteu. As garrafas de bebida eram todas coloridas, de marcas duvidosas, daquelas que te fazem esquecer o próprio nome no dia seguinte. Apesar de ser um astro da música e ter vivido a juventude regada a sexo, drogas e rock'n'roll,

Evandro já era um adulto, quase um idoso, e tinha legítimas preocupações em estar ali, rodeado de adolescentes irresponsáveis, tomando drinks com desinfetante. Mas, mesmo que ele pensasse em fugir, sem ninguém o ver, não conseguiria, pois o garoto fortão da porta estava avisado para não o deixar sair, de maneira alguma, sem antes falar comigo. Já imaginava a manchete: jovem de dezessete anos sequestra astro da música para tentar conquistar melhor amiga, fã de Blitz. Como fui babaca, tomara que a pena seja menor por eu ter usado uma arma de água e conhecer as músicas da Blitz. Evandro ficou mais calmo quando encontrou uma cerveja importada, do avô de Michelle, no fundo da geladeira. Quando estava saindo da cozinha, deu de cara com ela, a dona da casa. Michelle estava muito nervosa, mas incrivelmente bela, como uma elfa de *O senhor dos anéis*. Depois de encontrar seu ídolo plantado em sua própria cozinha, ainda atônita, Michelle tremeu ao falar:

— O que você tá fazendo aqui?

— Desculpa, o rapaz disse que eu podia pegar qualquer bebida... Já estou indo embora, na verdade, tô só esperando a... Espera. Você não é a... A dona da festa?

— Você se lembra de mim?

— Sim! Quer dizer... Não me lembrava... Enfim. É uma longa história.

Rafa invadiu a cozinha, completamente bêbado.

— Evandrão! Essa é minha amiga fã de Blitz.

— Você não quer tomar uma água não, garoto?

— Água eu tomo todo dia, sai fora — respondeu Rafa.

— Bom, eu acho que vocês têm muito o que conversar antes da surpresa. Espera aí.

Rafa correu até o palco improvisado, no centro da sala, parou a música e colocou alguns remixes da Blitz feitos pelo tal DJ Bruno Martini. A galera vaiou, mas depois começou a curtir. Os remixes eram estranhos e divertidos. Michelle trancou a porta da cozinha e se abriu com Evandro. Estava muito bêbada, depois das tantas doses que tinha tomado no quarto, tentando superar o ataque de pânico.

— Você está bem? — perguntou Evandro.

— Sim.

— Qual seu nome?

— Michelle.

— Prazer, Michelle. Sou Evandro.

— Eu sei quem você é.

— Desculpa invadir sua festa assim, viu...

— É tão estranho te ver dentro da minha casa. Eu escuto você desde os cinco anos de idade, todos os dias, até hoje. É como se você fosse um amigo, que estranho!

— Uau! Legal encontrar uma fã da tua idade.

— Blitz era a banda preferida da minha mãe.

— Ah, é? Que demais! Olha, Michelle, eu confesso que já não tenho mais idade pra acompanhar vocês, eu já estou indo embora, só vim te dar um abraço. Sua mãe nem imagina que você tá dando esta festa na casa dela, né?

— Ela morreu.

— Sinto muito — Evandro disse, extremamente constrangido. — Bom... eu fico mais um pouco, então.

— Tudo bem. Mas não é só porque minha mãe...

— Não, não... Claro que não! — falou ele, morrendo de remorso.

— Isso é coisa do Rafa, né? Como você veio parar aqui?

— Quem é Rafa? O cabeludinho?

— Esse que entrou aqui agora, avisando pra gente se preparar pra uma surpresa, que eu não faço a mínima ideia do que seja. Ele é o dono das ideias mais bizarras que já vi, por isso pensei que ele tivesse tido a ideia de te trazer...

— Ah... Não! Ele já estava na festa quando chegamos.

Rafa bateu na porta e anunciou:

— Tá na hora, o palco está pronto! Evandro e Michelle, pro palco, agora!

Michelle abriu a porta, sem entender patavinas; Rafa os puxou até o centro da sala, na frente da galera. Os dois subiram no palco, que nada mais era do que uns praticáveis de madeira do avô de Michelle. Os instrumentos e microfones dela estavam montados. Rafa cortou a música e logo foi vaiado; começou a testar o microfone e se pôs a falar.

— Peraí! Deixa eu falar. Peraí, dá um tempo...

Alguém arremessou um copo nele, que ficou ensopado de cerveja.

Rafa respirou fundo, limpou o rosto e, depois de alguns segundos, gritou:

— Presta atenção, porra!

A festa, então, finalmente parou para ouvi-lo.

Rafa ficou paralisado, mas respirou fundo e continuou:

— Eu queria chamar duas pessoas aqui no palco pra fazerem um som. É música de verdade, galera, ao vivo. Vocês estão muito viciadinhos em playlists do Spotify...

A galera gritava coisas como cala a boca, sai daí, liga o som... Mas Rafa não parou:

— Podem xingar, eu não me importo. Poucos de vocês me conhecem pra valer. Uma pena, porque eu sou incrível, e este é o último ano do colégio, e talvez vocês não me vejam ano que vem, a não ser que eu repita de ano, o que é bem provável. Tô me sentindo estranho, e não é porque eu bebi demais. Acho que é porque, no fundo, ninguém sabe o que vai acontecer depois, na faculdade. Ao contrário dos machões do time do colégio, eu não tenho vergonha de sentir medo.

Heder interrompeu:

— Viado!

— Aquele babaca ali, por exemplo, que pega no pinto dos colegas no vestiário e me chama de viado. A masculinidade de vocês é muito frágil. É esse seu medo?

A galera foi à loucura. Rafa começou a ganhar a plateia. Depois, respirou e seguiu, desta vez mais confiante.

— Calem a boca e me deixem falar!

Aos poucos, todos começaram a levantar o braço, estavam completamente entretidos com o discurso de Rafa.

— Não teve uma vez durante este ano em que eu deixei de contar quantos dias faltavam pra terminar o colégio. Eu odeio estudar, mais que qualquer um aqui. Eu nunca mais vou pisar naquele lugar e não tô nem um pouco triste, como a maioria de vocês finge estar.

Nesse momento, enquanto eu assistia ao discurso de Rafa, Amanda me encontrou; parou ao meu lado e me deu a mão. Ela finalmente conseguiu parar para aproveitar a festa, e me contava como foi difícil fazer Michelle descer do quarto. Fiquei em silêncio, congelado, não soube como lhe dizer a verdade. Fábio nos observava com ódio no olhar. Rafa continuava:

— Sempre quis que Porto Seguro chegasse logo. Foi meu maior desejo este ano. Mas tô com um puta medo do que vem depois. Eu sou péssimo com as palavras e adoraria citar uma frase inteligente, dessas que o André lê o tempo todo... Então, não precisa aplaudir, e também não percam tempo vaiando. Eu precisava mesmo é desabafar, bebi como um viking hoje e senti que era o momento. Mas... Chega de palestrinha! Vou chamar aqui a Michelle, que teve a ideia de fazer esta festa e que vai fazer um som irado ao lado do ídolo da vida dela. Não foi fácil trazê-lo aqui, o André foi muito corajoso em se arriscar. Se vocês derem sorte, ela toca a música que compôs durante este ano. Por fim, queria dizer que dedico este show pra todos nós, que nos fodemos até agora e vamos continuar nos fodendo, porque acho que isso é a vida, um eterno se foder, com algumas poucas tréguas, que chamamos equivocadamente de felicidade. Um brinde a nós, futuros adultos, eternos frustrados por termos deixado um dia a melhor fase de todas: a adolescência! Nos lembraremos bem deste dia, e com uma puta saudade. Um brinde à nossa juventude, porra!

Todos se emocionaram com o discurso do Rafa. Ninguém pediu, mas precisávamos ouvir aquilo. Ele passou o microfone para Michelle e se despediu da galera.

— Que venha a faculdade, e não o cursinho. Sejam bem-sucedidos, por favor, mesmo os que nunca deram a mínima pro colégio e vão fazer administração na Unimerda, como eu. Toma, Michelle, quebra tudo!

Michelle pegou o microfone e começou a falar, enquanto passeava os olhos entre as pessoas.

— Eu sei que vocês só ligam pro Bruno Martini, mas eu sou fã de uma banda da década de setenta, da época dos nossos pais, chamada Blitz. Era a banda preferida da minha mãe, que não viveu pra ver este momento, mas que, em algum lugar, está me vendo. E alguém muito incrível conseguiu trazer um cara muito foda hoje para esta festa!

Rafa pulou do palco e aumentou o som.

Silêncio absoluto.

Microfonia.

Alguém gritou:

— Começa logo!

Evandro, sem entender, foi em direção ao microfone e gritou:

— Boa noite, garotada! Eu não estava sabendo de nada disso, nem sabia que tinha tanto fã adolescente assim. Desculpa não me preparar, não estava nos planos tocar pra vocês hoje... André, acho que agora já deu essa brincadeira. Me leva de volta, se não vou ligar para a polícia, ok? André, cadê você?

Michelle, então, se aproximou de Evandro, levando a guitarra para ele, dizendo algo em seu ouvido.

— Você não vai embora agora, senão eu te mato, eu juro. Segue a escala em dó e repete comigo, no refrão. Não estrague tudo agora. Começa suave e depois ataca pra valer quando eu terminar a introdução. Eu sei que você sempre desafina nos agudos, então afasta do microfone e deixa comigo quando isso acontecer... Dois, três, quatro!

SABE ESSAS NOITES QUE VOCÊ SAI CAMINHANDO SOZINHO
DE MADRUGADA COM A MÃO NO BOLSO
NA RUA
E VOCÊ FICA PENSANDO NAQUELA MENINA

Fiquei surpreso quando percebi que muita gente conhecia a letra. Amanda voltou com duas bebidas. Me entregou uma, se aproximou do meu ouvido e disse, puxando assunto, já que eu não falava absolutamente nada:

— Eu não sabia que ela tocava tão bem. Ela compôs essa também?

— Essa daí é da Blitz, um clássico. A Michelle é foda, toca pra caralho. Percebe o quanto isso é épico? O Evandro tá cantando com ela a maior música da banda. Dá pra acreditar que nossos pais curtiam esse som?

— Por que você não cala a boca? — Amanda falou.

— O quê?

— Cala a boca e me beija!

— Amanda, espera, a gente precisa...

Antes que pudesse terminar, Amanda me beijou. Um beijo profundo, molhado e... delicioso. Não pude fazer nada além de corresponder ao beijo, estava enfeitiçado.

Michelle viu tudo. A música então parou. O microfone caiu no chão. Microfonia. Gritos dos insatisfeitos. Michelle me olhou com raiva e saiu correndo do palco. Nem ao menos terminou a canção. Depois, se trancou para dentro da cozinha e não saiu mais. Tentei explicar para Amanda o que acontecia, mas, de repente, outra confusão começou. As vaias dominaram a festa. Os vizinhos começaram a reclamar, ameaçando chamar a polícia. Amanda xingou a vizinha. Logo vi Rafa metido entre Fábio e os garotos do time. Eis que surge Pedrogas correndo em minha direção:

— Corre, caralho!

Pedrogas me puxou pelo braço e corremos juntos, pela casa.

— O que houve!?

— O Rafa contou tudo! Eles estão atrás de você.

Rafa veio na sequência, depois de cuspir nos rapazes do time, que foram escorados por alguns outros garotos.

— Seus pilantras, filhos da puta! — gritou Fábio, ao lado de sua gangue.

Parei de correr, decidi enfrentar. Virei em direção ao conflito. Pedrogas se manteve ao meu lado. Rafa estava muito bêbado, praticamente sem reflexos. Amanda entrou no meio, evitando o possível combate. Éramos três contra todo o time. E apenas ela era capaz de parar aquela guerra. Eu e Fábio ficamos cara a cara, como na pesagem de uma luta. Ao nosso redor, um bando de jovens carniceiros, berrando, especulando a briga.

— Ele tá bravinho porque a Amanda tá afim de você e não dele — disse Rafa. — Dorme com essa, velho. Você entregou aquele pênalti, a Amanda não te quer. Esquece isso e segue tua vida!

Fábio foi para cima de Rafa imediatamente, mas Pedrogas o segurou.

— Me larga, Pedrogas! Eu só quero quebrar a cara desses dois mentirosos. Vai, conta pra todo mundo a farsa de goleiro que você é!

Minha casa caiu.

— Chega, Fábio. Não vou deixar você falar assim deles! — Pedrogas ameaçou.

— Foda-se! Você foi um goleiro medíocre, também! — rebateu Fábio.

Pedrogas, então, deu um soco na cara do rapaz. Daí sim a briga começou: de um lado, Pedrogas, eu, Rafa; de outro, todos os brutamontes do time de futebol. Era soco para todo lado. Para dois nerds, até que brigamos bem, mas éramos minoria. Depois de alguns socos e pontapés, os outros invisíveis do colégio, que também odiavam Fábio e sua gangue, se uniram a nós, e o time começou a ficar em desvantagem. Amanda entrou no meio da briga e gritou:

— Chega! Todos vocês, agora!

Que coragem, a dela. Entrar no meio do fogo cruzado, daquela maneira. Os grupos se olharam, frente a frente, divididos por Amanda. Era uma trégua, ninguém seria capaz de desobedecê-la, era a autoridade máxima da batalha.

— E aí, André, vamos resolver entre nós, lá fora. Finge que você sabe brigar, também. Vamos! — provocou Fábio.

— Do que ele tá falando? — perguntou Amanda.

— Eu nunca joguei futebol na minha vida — revelei.

— Quê?

— Eu inventei toda essa história de que eu era goleiro só porque queria me aproximar de você.

— É sério? Vocês tão brigando por isso?

— Tecnicamente sim.

— Vocês, homens, são ridículos. Pouco importa que ele não é goleiro!

— Ele é uma farsa, Amanda! — disse Fábio.

— E quem não é, né, Fábio? A gente já desconfiava que ele não jogava bola. Foda-se.

— Ah, que lindos! Já tá defendendo o namoradinho? Agora sai daí, Amanda.

Amanda se meteu na frente, virou pra mim e disse:

— Eu pensei que isso tudo fosse pra impressionar a Michelle. Não tem problema, mas você podia ter me contado. Ainda acho fofo, de qualquer maneira — Amanda falou, segurando meu rosto, prestes a me beijar outra vez.

— Amanda, espera. Era isso o que eu queria te dizer. Tudo mudou no caminho. Você estava certa: eu realmente amo a Michelle.

— Como assim? — perguntou ela, completamente confusa.

— Eu falei que ele era um idiota! — Fábio entrou na conversa novamente.

— Se você treinasse mais o cérebro ao invés das pernas, quem sabe ela estaria com você agora, Fábio — retrucou Rafael.

Rafa foi muito folgado. Estava tudo sendo resolvido. Mas aquilo era o que Fábio precisava para recomeçar a briga, dando um soco em Rafa, que caiu seco no chão, sem uma lasca do dente da frente. Eu tomei as dores de meu amigo e parti para cima de Fábio. Amanda se abaixou e começou a chorar. Michelle saiu correndo da cozinha e a tirou de lá, e elas assistiram tudo de longe, em transe, chorando, ao lado de Evandro Mesquita, que ligava desesperadamente para alguém — claro, para a polícia.

Agimos como animais, sem saber muito bem o motivo. Ninguém mais sabia quem estava do lado de quem e a briga tinha se arrastado até os fundos da casa, no jardim. Uma vizinha, da varanda ao lado, finalmente interrompeu o conflito, jogando um balde d'água em nós e exclamou:

— Chega, seus delinquentes. Eu quero dormir, porra!

Amanda correu em direção a nós. Fábio a ignorou, afastando-a para longe e tentando voltar para a briga. Amanda caiu sentada, mas levantou logo em seguida, usando sua última arma para parar Fábio, uma que só ela tinha:

— Você tá louco de me empurrar? Vai embora agora, Fábio! Essa briga acabou aqui. Ou então eu conto as mentiras de todo mundo aqui nesta escola! Se eu começar a falar, não vai sobrar um.

Fábio se rendeu imediatamente e ordenou que todos parassem. Amanda sabia algo sobre ele que ninguém mais sabia.

Algo que o deixou muito irritado. Fábio parecia exposto. Ele então se virou para Amanda, arrasado, e partiu.

A casa estava destruída, conforme previsto. Michelle e Amanda cuidavam dos soldados remanescentes. Luzes da viatura da polícia refletiam dentro da casa. Rafa e Evandro estavam no quintal, cantarolando com um violão no colo. A polícia nada fez além de dispersar os convidados, na rua, enquanto iam embora, já que não podiam entrar na casa sem um mandado. Pensávamos que Evandro os tinha chamado, mas foram os vizinhos. Evandro evitou sair na rua para não ser visto, não queria um escândalo na imprensa, então ficou escondido na casa de Michelle até a viatura ir embora.

— Meus pais vão me matar quando souberem — disse Amanda.

— Coloca isso na mão, André. Vocês precisam conversar — Michelle falou, me dando um saco de gelo e nos deixando a sós.

— Fica, Michelle. Cuida dele. A gente não tem nada pra conversar — respondeu Amanda.

Mesmo assim, comecei a falar meu pedido de desculpas.

— Amanda, eu pensei que fosse apaixonado por você, mas todo rio tem seu curso, e acho que você e o Fábio realmente se merecem. Apesar dessa briga, ele é um cara legal, acho que gosta de você pra valer. Me desculpe por toda essa briga idiota, por favor...

— Para de ser ridículo, André. Não preciso de consolo. Eu já levei um fora antes.

— É sério, Amanda. Ele é um cara legal. Daqui a um tempo estaremos rindo, todos juntos, não é porque brigamos que...

— André, cala a boca, o Fábio é gay.

— Quê? — Michelle não segurou a surpresa.

— Por que o espanto?

— O artilheiro do colégio... aquele que brigou com cinco caras so-zi-nho é gay? — perguntei, ainda sem acreditar.

— Ele não pode ser viril e gay?

— Não. Quer dizer, pode. Mas eu pensei que vocês...

— Nós ficávamos no ensino fundamental, mas não rolou nada além disso. Ele sempre foi apaixonado pelo Couto, o melhor amigo. Esconde isso desde o segundo ano.

— E como você descobriu? — eu quis saber.

— Eu peguei eles no flagra, numa festa. E como eu era apaixonada pelo Fábio, jurei não contar pra ninguém. Ele morria de medo que o pai descobrisse, de perder a bolsa, de não ser mais respeitado no colégio. Ele também morre de medo de decepcionar o pai. Sei lá, ele ainda está no processo de se assumir, acho que ele se importa muito com a pinta de artilheiro machão. Enfim. Desde aquele dia, somos apenas amigos. Ele conta tudo pra mim e eu conto tudo pra ele. Fui eu quem implorei pra ele manter você no time.

— Puta que pariu! — exclamou Michelle.

— O Fábio me ajudou muito quando minha mãe ficou doente. Ele é um cara legal, apesar de ter te dado um soco e quebrado o dente do Rafa. Talvez ele esteja com ciúme. Ele sempre teve essa mania de querer me proteger dos outros caras, como se fosse um irmão mais velho, só que da minha idade.

Enquanto isso, Evandro Mesquita e Rafael arranhavam um "longe de casa, há mais de uma semana...".[11]

A polícia foi embora. Apesar de destruída, a paz voltou a reinar na casa dos avós de Michelle. Evandro se despediu

---

11 "A dois passos do Paraíso": essa música é da Blitz.

de nós, já poderia partir sem chamar atenção. A rua estava escura, e o Sol ameaçava nascer. O astro da Blitz prometeu não me denunciar. Foi assim que nos tornamos amigos, e assim que evitei ser preso por sequestro. Quando ele se despediu, pegou minha mão e a de Michelle, colocou uma sobre a outra e nos disse:

— Aproveitem a vida, garotos! Permitam-se sofrer. Sintam tesão, errem, errem demais... Daqui a pouco, vocês vão rir disso tudo. E, quando isso acontecer, já estarão letárgicos. E a vida... Bem, aí a vida não importará mais tanto assim.

11

Sobramos apenas eu, Rafa, Michelle e Amanda naquele fim de festa. Quando o raiar do dia invadiu os cômodos, o motorista de Rafa tocou a campainha. Eu aproveitaria a carona, não queria acordar meu pai àquela hora da manhã. Eis o momento mais triste do ano: nos despedimos todos com um abraço bem forte, em grupo, como se não fôssemos desde sempre um trio, mas um quarteto. Amanda lamentou termos nos conhecido tão tarde; em certo momento, nos lembrou, inclusive, de que os três mosqueteiros, na verdade, eram quatro. Amanda era realmente foda, capaz de surpreender a todos que ousassem defini-la como isso ou aquilo, e com certeza merecia entrar para nosso seleto grupo de anônimos do colégio, nosso *bande à part*. A famigerada viagem de formatura estava chegando. E apesar do desastre da festa, ainda tínhamos fôlego para curar a ressaca e continuar a viver.

— Não sei por que, sempre me iludi com as pessoas, mas ainda tenho esperanças de encontrar vocês três em Porto. Vamos, vai, por favor! Porto Seguro só acontece uma vez — disse Amanda.

Rafa não ouviu nada, estava em outra órbita, jogado no sofá. Cansado, depois de tanto procurar a lasca do dente e vomitar pela casa, ele encostou no primeiro canto que viu e dormiu. Os motoristas dele esperaram alguns bons minutos do lado de fora até que ficaram impacientes e buzinaram para apressar o menino.

— Vem, Rafa, acorda! André, me ajuda com ele aqui, ele é muito pesado... — Amanda pediu.

Levamos o Rafael até o carro. Ele se atirou no banco de trás, balbuciando frases de bêbado. Amanda entrou no veículo para ajudá-lo, depois apoiou a cabeça de Rafa em seu colo e o tranquilizou. Bastaram alguns cafunés para que meu amigo se acalmasse.

Michelle, do portão, observava tudo com um olhar triste, em pedaços, como se aquela fosse a última vez em que nos veríamos.

— André, eu te amo! Não me deixa perder o ônibus amanhã! — disse Rafa, estirado no banco de trás do carro.

— Relaxa, Rafa. Você não vai perder o ônibus. Dorme, você precisa descansar — falei.

— Você está bravo comigo?

— Claro que não.

— André, por favor, me desculpa! Você precisa se entender com a Michelle! Eu fui um idiota, não fica bravo! — gritava Rafa, fazendo o tipo bêbado carente.

Todos riram. Os seguranças, assustados, nunca o viram assim. Os tranquilizei dizendo que tudo o que ele precisava era de um lanche do McDonald's. Michelle riu, mas de canto de boca, sem muito ânimo, e logo ficou cabisbaixa. Algo realmente a perturbava.

Antes de entrar no carro, pedi ao motorista que me esperasse mais uns minutos. Então, corri até o portão e encarei Michelle. Permanecemos quietos. Ela estava magoada, confusa, com a cabeça baixa, sem forças para me ver ir embora naquele carro, sem forças para me olhar nos olhos. Michelle só queria sumir para aquela praia paradisíaca e nunca mais gostar de alguém. Queria voltar a ser a órfã solitária que nunca precisou de nada na vida além de suas playlists e seus instrumentos musicais.

— É melhor você ir, o Rafa não tá bem.

Não queria ir embora, então não me movi.

— Vai, eles estão esperando — disse Michelle.

— Não acha que a gente precisa conversar?

— Já conversamos tanto. Tanto já foi dito nesses anos todos... Acho que foi o suficiente, né? Melhor colocar uma pedra em cima de tudo isso e seguir...

— Seguir para onde? Não quero, não posso seguir sem você. Michelle, por favor...

— Tá tudo bem, vai pra casa, André. Descansa. Amanhã é um novo dia, pra todo mundo.

— Eu não tô disposto a sair daqui sozinho.

— Eu acho que você só está perdido, em busca de mais um desafio, algo que te entregue a próxima aventura, como esse campeonato de futebol idiota. Ontem foi com a Amanda, hoje é comigo e amanhã será com outra. *C'est la vie.*

— Michelle, o que eu sinto por você é completamente diferente do que senti por ela, não cabe no mesmo espaço, não é a mesma coisa. Eu sei que demorei pra descobrir, sei que fui um idiota, mas sempre foi você, eu te a...

— Não fale isso em vão. Amar é uma palavra muito forte. Não cabe em lugar nenhum mesmo.

— Preciso que você dê uma chance pra gente.

— Demos inúmeras, há anos!

— Mas era diferente! Algumas pessoas precisam se perder para depois se encontrar. Fomos apenas bons amigos nesse tempo todo, e deve ter um motivo.

— Eu sempre fui apaixonada por você, André, desde quando usávamos lancheira.

— Mas eu nunca percebi!

— André, chega. A gente já sabe onde tudo isso vai terminar.

— Não sabemos... Nem nunca saberemos, se não dermos uma chance.

— Se eu te disser sim, e nós insistirmos nessa bobagem, amanhã você vai acordar, vai me ligar, e vai pensar que está tudo bem, que a vida é realmente uma música alegre do Bob Marley. Aí, a gente vai começar a sair, vamos nos apaixonar ainda mais e nos tornaremos, adivinha... Namorados. Depois, você vai pensar que fomos feitos um para o outro, e vamos começar a postar fotos juntos no Instagram, com legendas apaixonadas, nos permitindo viver os clichês ridículos mais bonitos do mundo. Aí, vamos nos apaixonar cada dia mais, mais, e mais... E estaremos apaixonados também pelo que nos tornamos, pela vida vivida a dois. Tudo isso enquanto nos iludimos, pensando que não vai doer no final. Depois, esse amor vai se transformar inexplicavelmente em intolerância. O tempo passará, e nosso amor irá virar algo que nada tem a ver com amor, e seguirá sangrando, sangrando... Até finalmente nos tornarmos adultos, cheios de responsabilidades e, então, vamos cair naquela rotina dos adultos. E perceberemos que tudo não passou de um sonho, um capricho, uma paixão juvenil no auge dos nossos dezoito anos. Se não dermos um basta nisso, agora, com o tempo, eu vou mostrar quem sou, você também vai mostrar quem é, e aí, depois que as máscaras caírem, a gente vai começar a brigar até não saber mais o motivo, até tudo virar ódio, implicância, indiferença, depois rancor... E tudo em você vai me irritar. Como todo casal apaixonado, morreremos tristes e amargos, espalhando por aí a mentira de que o amor verdadeiro não existe. Mas ele existe, a gente é que acredita que o amor não acaba. E tudo isso pra quê? Pra descobrir o que já sabíamos. Então, por que você não vai embora agora, e continuamos bons amigos? Por que não tocamos mais no assunto e evitamos tudo isso? Aí, sim, nos amaremos pra sempre. Eu juro que vou tentar não me importar em te ver com outra mulher, que vou tentar não me importar em te ver apaixonado por alguém que gosta de música sertaneja. Prometo que vou tentar me contentar a viver o resto da minha vida sem você...

Então, a beijei, antes que Michelle pudesse terminar, ignorando todas as consequências de sua fala, sua despedida de algo que nunca fomos, mas que poderíamos ser. Michelle tinha certeza de que não nos veríamos mais, estava de passagem comprada para Ilhabela, além de ter ganhado uma bolsa de estudos para cursar Música fora do país. Rafa chamou por mim, avisando que precisava partir. Virei as costas e fui até o carro, um vaso quebrado.

Já era dia quando cheguei em casa. Encontrei meu pai tomando café da manhã. Ouvi ele me contando com empolgação sobre o novo emprego, todo ágil, pronto para ir pro trabalho. E finalmente dormi. Um sono horrível, ainda tonto de tanta bebida e dor. Fui acordado pelo barulho da campainha, depois de algumas poucas horas de sono. Alguém chamou por mim, na sala. Parecia a voz de minha mãe. Ainda aturdido de sono e ressaca, me levantei. Não havia mais ninguém quando desci na sala, apenas um envelope com meu nome, jogado na mesa. Dentro, havia um pacote cheio de dinheiro. No fundo do envelope, um bilhete:

A festa era pra arrecadar dinheiro para a viagem de formatura, para a sua viagem. Era surpresa, claro, mas o Rafa já deve ter te contado. Por favor, não se faça de durão, eu não quero que meu melhor amigo veja Porto pelos stories dos outros; quero que você viva Porto Seguro, você merece. O ônibus para o aeroporto sai às duas, em frente ao colégio, não se atrase! Tem um pacote reservado em seu nome, na recepção da agência, é só entregar este bolo de dinheiro para a moça. Está contadinho.

Com amor,
Michelle

Olhei imediatamente para o relógio: ainda me restava tempo, mas eu precisava correr, estava atrasado. Tomei um café, joguei algumas roupas na mochila, tomei um banho e me despedi dos meus pais, que questionaram o plano de Michelle, de início, mas depois aceitaram a ideia. Corri pela rua com o envelope nas mãos e a mochila nas costas, rumo à agência. Rafa me ligava sem parar, estava preocupado com o meu atraso. Nos falamos mais de três vezes, para me certificar de que o ônibus ainda estava lá, me esperando. O celular de Michelle estava fora de área. Enquanto corria, tentava contatá-la, ela que, algumas horas antes, tinha feito Rafa prometer que o ônibus ainda estaria lá quando eu recebesse a passagem, e avisou que desligaria o celular por alguns dias, para se desplugar do mundo. Rafael, com sua simpatia, fez com que todos os alunos do terceiro ano esperassem minha chegada. Passei na agência, paguei a viagem e saí correndo para não perder o ônibus. Não pude acreditar: era a minha viagem de formatura.

Saí correndo da agência. A porta do ônibus estava prestes a fechar quando cheguei, mas pude colocar a mão entre as duas portas, antes que fechassem por completo, como se faz num elevador lotado. Caminhei eufórico pelo corredor, mas cheguei a tempo, finalmente cheguei a tempo. Não pude esconder minha felicidade. As pessoas me olhavam com preocupação, já que eu parecia um psicopata, afoito.

— Tem alguém sentado aqui? — perguntei.

— Você é louco!? Tá fazendo o que aqui? Ônibus errado! Vai logo, o Rafa e a Amanda estão te esperando. Eu pedi pra não deixarem o motorista partir sem você. Vai, corre! — falou Michelle.

Entreguei a ela o envelope marrom com o dinheiro. Dentro, havia um *flyer* com os pacotes para Ilhabela. Michelle não abriu.

— Para de rir, idiota. Vou avisar o Rafa. Droga, meu celular está na mala, desligado. É melhor você pegar um táxi direto pro aeroporto, não vai dar tempo de ir a pé! Vou tentar ligar pra Amanda, avisando que você vai direto, para eles fazerem teu check-in... Eles não vão conseguir segurar mais o ônibus.

— Michelle...

— André, não temos tempo pra despedidas. Sério, vai logo!

— Eu não vim me despedir, Michelle.

— Como assim?

— Abre o envelope.

Michelle o abriu.

— Ainda bem que o Rafa é o maior fofoqueiro do colégio. A moça da agência de viagens também foi superlegal comigo, me deixou trocar o destino. Até sobrou uma grana. Ilhabela não é tão disputada quanto Porto.

Surpresa, Michelle não sabia o que dizer.

— Você é louco. Sério, você é doente.

— Talvez. Escuta, posso me sentar aqui, ou você está esperando alguém? — mudei de assunto, tirando do bolso o dinheiro que sobrou.

— André, você sempre quis ir pra Porto Seguro.

— Eu sei. Mas demorei pra descobrir que Porto Seguro não é somente um lugar, mas vários. Depende só de quem estiver ao meu lado. Porto Seguro pode ser alguém, pode ser um objeto, uma música. Pode ser qualquer coisa que lembre proteção, descanso, refúgio... Foi mal, eu demorei pra descobrir: meu Porto Seguro não fica na Bahia.

— Eu vou te matar. O Rafa vai te matar. A Amanda vai te matar.

— Relaxa, eles sobrevivem sem nós, garanto que vão encontrar um refúgio também. Enfim, posso me sentar?

Acomodei as mochilas no ônibus e me sentei. Michelle me olhou, sorrindo, e disse:

— Seu idiota, por que você sempre consegue?

Então nos beijamos, como deveria ser, desde o início. Nosso ônibus partiu. Seguimos rumo ao litoral paulista, dividindo o mesmo fone de ouvido, como sempre fizemos. No outro ouvido, Michelle me disse, pela primeira vez:

— André.

— Oi.

— Te amo.

— Amar é uma palavra muito forte.

— Eu sei.

Enquanto isso, Rafa me ligava sem parar. Mas eu resolvi aderir ao detox e desliguei o aparelho. Amanda também não havia chegado, teve problemas com os pais por conta da noite anterior. Cansado de tanto ouvir a caixa postal, Rafa percebeu que estávamos incomunicáveis, e ele não poderia mais segurar o ônibus. Quando finalmente entendeu que estaria sozinho, sem seus dois melhores amigos, sem Amanda, sentiu vontade de abandonar tudo e voltar para casa. Então, levantou do banco e pegou sua mochila. Até que o monitor da turma entrou, pronto para animar a viagem de qualquer um a bordo daquele busão. Rafa não podia acreditar.

— Fala, terceirão! Beleza? Pra quem não me conhece, eu sou o Pedro, mas podem me chamar de Pedrogas. Eu serei o monitor de vocês nessa viagem incrível. Esse é meu primeiro ano como monitor, mas prometo que vai ser irado! Vamos sentando, que o ônibus já vai sair. Quem tá animado dá um grito!

— Pedrogas? — disse Rafa, incrédulo.

— Motorista, pode fechar. A partir de agora é só axé, cachaça e putaria! — Pedrogas falou.

Quando a porta do ônibus estava prestes a fechar, Amanda entrou, atrasada. Então, passou por Pedrogas e caminhou para o fundo do ônibus.

— Quem vai zoar muito em Porto grita aê! — disse Pedro.

Amanda caminhava na esperança de encontrar os outros três mosqueteiros naquela bagunça. Passou por Fábio e Couto, que estavam juntos, de mãos dadas. Rafa estava encolhido num banco, no fundo do ônibus. Depois, Amanda passou por suas amigas do colégio, que já não faziam tanto sentido assim. Então, continuou caminhando até chegar ao fundo do ônibus, quase perdendo a esperança de nos encontrar. Pensou em desistir, nada daquilo importava mais. Mas, quando se virou para ir embora, percebeu Rafa se acomodando na última cadeira. Conforme as poltronas do ônibus aumentavam de tamanho, já no fim do busão, lá estava ele, sozinho, com a testa no vidro, e fones de ouvido, olhando para a rua e pensando em tudo o que vivera até ali. Amanda parou ao seu lado e o cutucou. Ele tirou os fones e a olhou, mas sem o habitual sorriso.

— Ele não vem, né? — perguntou Amanda.

— Acho que não. Eu e minha maldita boca — respondeu Rafa.

— Posso sentar?

— Pode.

— O que você está ouvindo?

— Blitz. A banda daquele cara da festa, sabe? Sei lá, senti saudade deles...

— Posso ouvir com você?

Amanda sentou-se ao lado dele. Rafa tirou um dos fones e deu para ela. Permaneceram em silêncio. Rafa colou a testa no vidro, outra vez. O ônibus finalmente saiu.

— Rafa

— Oi.

— Eles nunca precisaram de Porto Seguro, eles já têm um ao outro, né? — disse Amanda.

— Como assim?

— Porto Seguro não é um lugar.

Então, juntos, chegaram a conclusão do que realmente significava Porto Seguro. E Rafa pensou estar apaixonado por Amanda, que olhava para os lábios dele, um pouco sem graça, e sorria. Amanda, então, percebeu o cara especial que morava em Rafa. Depois, se aproximaram lentamente, até, inevitavelmente, as bocas se encostarem.

— É, Porto Seguro não fica na Bahia — Rafa falou, quando as bocas se desgrudaram.

Dizem que eles perderam a virgindade juntos, em Porto — sim, apesar das fofocas, Amanda era virgem.

Eu e Michelle estamos há longos dias hospedados de frente pro mar, vivendo de forma simples, comendo peixe fresco e fazendo amizade com os pescadores da região. Pensei que seria um ótimo lugar para escrever uma história, talvez a nossa história, longe de todos, longe do asfalto. Nesta praia, a vida é simples, e a felicidade nada tem a ver com vestibular, emprego ou formatura. Aqui, luxo é conseguir pescar uma lula gorda ainda pela manhã.

A VIAGEM DE FORMATURA ACABOU, E TODOS ENFREN-
taram as recuperações depois da farra, depois da Bahia.
Amanda e Rafa estudaram juntos para a prova do Adalba,
sem Fábio. E, pasmem, o conselho deu uma chance para
meu amigo. Eu e Michelle decidimos ficar mais um tempo
em Ilhabela, até o dinheiro acabar. Quase nunca usávamos o
telefone, apenas para dar sinal de vida. E Michelle escolheu
aceitar a bolsa de estudos para estudar Música fora do país.
Então, quando voltarmos para São Paulo, ela precisará arrumar as malas correndo e partir para os Estados Unidos. Sobre
mim, ainda não sei para qual faculdade irei, nem o que vou
estudar, tampouco sei o que será de nós dois. Mas vou tentar,
darei tudo de mim, com as mãos sempre sujas de pó.[12] Por ora,
preciso conseguir terminar este livro, é só nisso que penso.

12 Aqui me refiro ao Conrad, caro leitor.

Gosto da ideia de me tornar escritor, de ser onipresente. Talvez eu envie este manuscrito para alguma editora, quando terminá-lo. Se você chegou até aqui, é porque deu tudo certo, porque acreditou nesta loucura chamada juventude.

É hora de ir. Basta de pensamentos juvenis. O dia está lindo e Michelle me espera para o café. Temos pouco tempo antes de ela viver a mais de 9.153 quilômetros de mim. Não há mais tempo a perder, preciso ir, porque, melhor do que escrever, é viver, assim como Marlow, que encarou as chateações da vida e tornou-se eterno diante do mar.

```
Ah, os bons tempos — os bons tempos.
Juventude e mar. Sedução e mar. O bom
e poderoso mar. Sedução e mar. O bom e
poderoso mar, o salgado e amargo mar que
podia sussurrar, rugir ou tirar-nos o fôlego.
Entre todas as maravilhas, é o mar, acredito,
o mar em si mesmo — ou é a juventude em si?
Quem pode dizer? Mas vocês aí — vocês que
conseguiram alguma coisa da vida, dinheiro,
amor, tudo o que se consegue na terra — vocês
não acham que o melhor dos tempos foi aquele
em que éramos jovens no mar, jovens que nada
tinham, no mar que não nos dá coisa alguma a
não ser pancadas e por vezes uma oportunidade
de sentirmos nossa própria força? Não seria
somente esse o tempo que todos nós recordamos
com saudade?
```

Obrigado, Marlow. Não sei o que seria de minha juventude sem você.

Fontes FAKT, HELDANE, PITCH
Papel PÓLEN NATURAL 80 G/M²
Impressão GEOGRÁFICA

ISBN 978-65-5393-134-3